Hay quienes logran
en la vida tener
la magia de la
maestría.

Para Luis Blasco.
Con todo mi
afecto y reconocimiento.

Pepe Renol

Valencia 13. Mayo de 1999.

Tranvía
a la Malvarrosa

Manuel Vicent

Tranvía a la Malvarrosa

ALFAGUARA

© 1994, Manuel Vicent
© De esta edición:
1994, Santillana, S. A.
Juan Bravo, 38. 28006 Madrid
Teléfono (91) 322 47 00
Telefax (91) 322 47 71

• Aguilar, Altea, Taurus, Alfaguara S. A.
Beazley 3860. 1437 Buenos Aires
• Aguilar, Altea, Taurus, Alfaguara S. A. de C. V.
Avda. Universidad, 767, Col. del Valle,
México, D.F. C. P. 03100

ISBN:84-204-8128-9
Depósito legal: M. 383-1997
Printed in Spain - Impreso en España

Diseño:
Proyecto de Enric Satué
© Ilustración de cubierta:
Balneario de la Malvarrosa.
Tratamiento de imagen de Jesús Sanz

© Foto: Joan Antoni Vicent

PRIMERA EDICIÓN: NOVIEMBRE 1994
SEGUNDA EDICIÓN: ENERO 1995
TERCERA EDICIÓN: FEBRERO 1995
CUARTA EDICIÓN: ABRIL 1995
QUINTA EDICIÓN: MAYO 1995
SEXTA EDICIÓN: JULIO 1995
SEPTIMA EDICIÓN: JULIO 1995
OCTAVA EDICIÓN: NOVIEMBRE 1995
NOVENA EDICIÓN: ABRIL 1996
DÉCIMA EDICIÓN: SEPTIEMBRE 1996
DECIMOPRIMERA EDICIÓN: ENERO 1997

Tranvía
a la Malvarrosa

Yo era todavía un adolescente muy puro cuando Vicentico Bola me llevó a la capital a que me desvirgaran. Mi padrino se llamaba Bola porque pesaba ciento treinta kilos en canal. De niño lo alimentaron con polvos pinos y además su familia tenía una tienda de ultramarinos, de cuyo dintel colgaban dos piñas de plátanos. Siempre que Bola entraba o salía de su establecimiento, al pasar por debajo, levantaba ambos brazos a la vez y de forma automática sin mirar agarraba dos plátanos y se los zampaba. Pero este gordinflón debía toda su fama a que era el rey del cabaret. Muy cerca de la tapia del hospital de Castellón, en una calle de bares y talleres eléctricos, envuelta en el trajín de carromatos que pasaban por la Ronda Mijares se levantaba la fachada del cabaret Rosales, un antro con sabor a fresa y a esencia de amoniaco, de estilo colonial. Allí habían compuesto un himno en honor a mi padrino, sólo para él. Apenas asomaba la jeta por la cortina roja de la entrada el tipo de la batería daba un mazazo al bombo y a continuación todos los músicos a coro cantaban: «Don Vicenteee, don Vicenteee/ha llegado don Vicenteee», y mientras la orquesta le rendía homenaje con esta marcha de infantes Bola se dirigía a su mesa habitual, a la derecha después de pasar la barra, e iba soltando duros igual que un Faruk huertano a cualquiera que se le cruzara en el camino y una vez aposentado elevaba el dedo índice con gran elegancia exigiendo la primera botella de champán y antes de que Toni el camarero llegara muy serio con su cara de chino de Shanghai, ya tenía sentadas a dos chicas en sus muslos que eran anchos y cómodos como divanes. Había pasado todo el elenco por su regazo, todo el surtido de la casa había sido manoseado por él menos la pelirroja Catalina, a la que un exportador de frutas y verduras de Villarreal apodado el Sanguino, de mal carácter, tenía siempre reservada con orden expresa de que no la tocara nadie, si él llegaba, bajo pena de cuchillo.

Aquella tarde de verano Bola me llevó a que conociera por primera vez las delicias del amor. No iba solo. Otros tres neófitos también vírgenes me acompañaban, y sin duda yo era el más puro. Aunque me habían expulsado los curas donde hice los primeros cursos de humanidades y acababa de graduarme de Bachiller en el instituto Ribalta aún estaban frescas las rosas que había llevado el mes de mayo a la Virgen cantando venid y vamos todos con flores a María, con flores a porfía, que Madre nuestra es, de modo que yo era todavía un lirio del valle, un adolescente levítico y acostarme con una puta me parecía tan violento como operarme de apendicitis. Pero había llegado el momento de ser un hombre y dentro del taxi de Agapito los debutantes ahora íbamos cantando el baión de la película Ana, ya viene el negro zumbón bailando alegre el baión, mientras la humanidad de nuestro mamporrero, que ocupaba ella sola cuatro plazas, nos aplastaba contra las felpas mugrientas del coche bajo la nube de un Montecristo trincado entre sus dedos anillados. Bueno, los demás cantaban y yo callaba.

Mi angustia se iba acelerando a medida que aquel cacharro se acercaba a la ciudad dando tumbos por la carretera de adoquines sombreada de plátanos en medio de los naranjos. El taxista Agapito conducía impasible un Ford desvencijado como él mismo que tenía la nariz y las orejas verdes a causa del asma y no paraba de arrancar flemas con una tos tan profunda que le llegaba a las patas y cuando no tosía sacaba de la guantera cada cinco minutos un botellón de agua con bicarbonato y echaba un trago para apagar el fuego de la úlcera.

—¿Y tú por qué no cantas? —me preguntó el padrino—. ¿Tienes miedo?

—Estoy pensando —le dije.

—Tómate antes dos copas de coñac como hacen los legionarios cuando van a entrar con la bayoneta. Espero que esté la Merche, una que se llama Culo de Hierro. Ésta te podría desvirgar de maravilla.

Yo iba pensando que si tocaba la carne de una de esas mujeres quedaría para siempre impuro, según me había advertido el director espiritual, y ya no podría ser como aquel joven de mejillas doradas y piernas robustas que escaló una cima de los Alpes y de ella rescató la flor del Edelweiss que crece entre la nieve para ofrecérsela a la novia antes de besarla en la frente por primera vez. Al balneario acababa de llegar la niña rubia de otros veranos con su trenza maciza de oro quemado que en mi corazón adolescente había suplantado el amor a la Virgen. En las vacaciones yo aprendía a tocar el piano en un salón del balneario de Galofre cuyo pavimento era de grandes baldosas blancas y negras siempre relucientes y allí había sillones de mimbre blanco y grandes ventanales, cortinajes de terciopelo rojo con borlas y puertas de cristal helado con siluetas de ninfas y flores. Yo tocaba al piano partituras del método Czerny y a veces también tocaba el vals de las olas y otras melodías, sobre todo una que decía: siempre está en mi corazón el hechizo de tu amor.

Ella se sentaba en uno de aquellos sillones blancos junto a su madre que hacía calceta y yo la observaba. Al finalizar la temporada de baños, antes de que llegaran las tormentas de septiembre, su familia regresaba a Valencia y de aquella niña Marisa de catorce años recordaba hasta el año siguiente sus ojos verdes, unos hoyuelos carnosos que se le formaban en el codo cuando extendía el brazo y las pecas en las mejillas que el sol de agosto intensificaba cada día volviéndolas más cobrizas. Nunca habíamos cruzado entre los dos una palabra todavía, sino tan sólo miradas llenas de rubor, sostenidas hasta que uno de los dos apartaba los ojos. Otras veces Marisa pasaba por delante de casa y era un verano en que yo leía el Fausto de Goethe en el balcón balanceándome en la mecedora con la brisa del corredor que levantaba las páginas del libro y traía un olor a pimiento asado de la cocina. Yo la conocía por el sonido de sus sandalias en la acera, pero no la miraba hasta que había cruzado y entonces ella sabía que yo la estaba sorbiendo por la espalda mientras se alejaba hacia la fuente. Aquel mismo verano, pocos días antes de que Vicentico Bola me llevara a la ciudad a que me desvirgaran, yo estaba tocando al piano aquella melodía: siempre está en mi corazón el hechizo de tu amor, y por fin la niña se acercó hasta quedarse plantada junto al taburete de terciopelo, sentí su aliento en la nuca y sin decirme nada pasó una hoja de la partitura cuando le hice un gesto con la cabeza. Luego se alejó. Yo también pensaba en Marisa dentro del taxi de Agapito camino del matadero.

Pensaba en el lunar que Marilyn Monroe tenía junto a la comisura de su boca entreabierta; y en los muslos de Silvana Mangano en la película Arroz amargo; y en la lágrima que le cruzaba los labios a María Rosa Salgado en Balarrasa; y en la faldilla de Jane, la novia de Tarzán; y en Elisabeth Taylor cuando tentaba a Montgomery Clift en la sala de billar de Un lugar en el sol. Para excitarme pensaba también en la ropa íntima de mi madre que yo exploraba de niño en los cajones de la cómoda, el corpiño negro, los sostenes de encaje, las medias de seda con costura, pero dentro de esas imágenes turbias y fragmentadas siempre aparecía aquella hoja de hierbaluisa con perfume a limón que yo había dejado secar entre las páginas de un libro titulado Energía y pureza, de Thiamer Toth, que me había regalado el consiliario de Acción Católica. Durante la pubertad había leído ese libro a la sombra del algarrobo centenario de un caserón en ruinas, mientras sonaban las chicharras y desde el jardín del balneario de Miramar llegaban los acordes de la banda de música que ensayaba una y otra vez un fragmento de La boda de Luis Alonso.

Las páginas del libro todavía emanaban la humedad de una biblioteca clerical y un cierto olor a miel que se concentraba en aquellos círculos oscuros donde comían las polillas. Por ese tiempo yo tenía la frente plagada de acné y me lo curaba empapándolo varias veces al día con agua salada. Cada uno de aquellos granos era el resultado de un pecado mortal, según había leído en el libro y, aunque llevaba infinitos pecados en la cara, eso no me importaba nada. Con el corazón lleno de terror bajo el algarrobo centenario también había leído que la lujuria me acarrearía enfermedades terribles, la tuberculosis, la anemia perniciosa o la esquizofrenia hasta que finalmente mi médula espinal quedaría destrozada, y ese peligro aún hacía más excitante el deseo de la carne. Pero había un hecho misterioso que me tenía sumido en la culpa desde aquella tarde de domingo en que estaba cometiendo el pecado solitario en un derruido balneario y no muy lejos se oía la voz de un locutor que radiaba un partido de copa entre el Atlético de Bilbao y el Valencia.

Sin duda fue una casualidad que el momento culminante del placer que yo extraía de mi cuerpo con la mano sonrosada coincidiera con un gran gol de Gainza en la portería del Valencia que significó la derrota de mi equipo. En aquella sala de baños había frescos con un fondo de peces azules y boquetes en el techo por donde asomaba el cañizo podrido de la escayola que servía de tumba a los murciélagos en invierno. Había cañerías de plomo arrancadas de cuajo y bañeras con garras de león volcadas en un pavimento de mosaico con escenas mitológicas. Frente a un gran espejo velado que se levantaba sobre la pileta de las inhalaciones yo me acariciaba el sexo y olía fuertemente la brisa del jardín; atravesando los cristales rotos de la galería llegaba ese aroma de pinocha caliente junto con la voz de un locutor que se desgañitaba: recoge la pelota Venancio, la pasa a Zarra, regatea a Pasieguito, avanza Zarra hacia el área del Valencia, combina con Iriondo, le entra Puchades, falla, falla Puchades, Iriondo pasa la pelota a Gainza que se interna por la izquierda... En ese instante mis ojos turbios reflejaban todo el placer en el espejo velado y yo sentía algo muy fuerte, muy dulce que ascendía por los muslos hasta mi vientre y ya no podía detenerme, seguía, seguía y lo mismo, al parecer, le sucedía a Gainza que acababa de penetrar en el área. El locutor gritaba de un modo desaforado a punto del paroxismo ¡¡Gainza!! ¡¡Gainza!! frente a la puerta dribla a Asensi, se queda solo ante el guardameta Eizaguirre, va a chutar, va a chutar... Una ola de placer invadió todo mi cuerpo en ese instante hasta formar alrededor de mi cabeza una campana neumática y dentro de ella coincidieron en un mismo éxtasis mis propios gemidos y los alaridos del locutor: ¡¡Gol de Gainza!! ¡¡En el último minuto del partido, gol de Gainza!! ¡¡El Valencia Fútbol Club eliminado!!

La pasión que sentía por el equipo del Valencia aquellos años de la adolescencia era muy intensa y a partir de aquel partido de copa la derrota de mi equipo iría unida a mi pecado. Puchades, el medio centro, era mi héroe. Aquella tarde había caído vilmente a los pies de Zarra cuando éste iniciaba la jugada del gol de la victoria y ése era el preciso momento en que yo había caído también en la tentación. Fue el inicio de una larga tortura. Mientras leía bajo el algarrobo centenario el libro Energía y Pureza comencé a sospechar que la lujuria podría arruinar mi vida, pero no a causa de las enfermedades con que me amenazaba sino por un hecho terrible que descubrí al iniciarse el siguiente campeonato de Liga. De pronto caí en la cuenta de que siempre que me masturbaba un sábado, al día siguiente perdía el Valencia en casa. Y si resistía la tentación, el Valencia ganaba en campo contrario. No sólo era eso. Además había constatado que Puchades jugaba bien o mal según hubiera apartado yo de mi cabeza los malos pensamientos y por este camino llegué a extremos cada vez más sinuosos: si caía en el pecado ese mismo domingo poco antes del partido, entonces el Valencia perdía por goleada, y si me había mantenido casto toda la semana sin acariciarme el sexo, Puchades salía en primera página del diario Deportes el lunes como la estrella de esa jornada de Liga.

Habían pasado unos años de todo esto y ahora iba en el taxi de Agapito hacia el cabaret Rosales en compañía de otros camaradas también vírgenes que cantaban el baión de la película Ana y yo en silencio, con la mirada perdida en la extensión de naranjos que ocupaba toda la ventanilla a la altura de las Alquerías del Niño Perdido, pensaba en cosas que me excitaran: aquel fotograma de Marilyn Monroe con los labios rojos entreabiertos, la faldilla de la novia de Tarzán, los muslos blancos de unas mujeres arrodilladas en el lavadero público. Esa misma mañana de domingo había ido a la playa de Burriana en la vespa del panadero Ballester y en el chiringuito de Manolo ya no estaba aquella extranjera tomando el vermut. Sonaba en un gramófono una canción de Machín, mira que eres linda, qué preciosa eres, verdad que en mi vida no he visto muñeca más linda que tú. En el taxi pensaba en aquella extranjera y en otras chicas recién salidas del mar que llegaban a la sombra de aquel cañizo con el pubis empapado en medio de la luz que ofuscaba la arena.

Las puntas de su pelo desprendían agujas de agua que se deslizaban por los hombros abrasados hasta hundirse en los senos.

—Primero iremos al Rosales y después a casa la Pilar —dijo Bola sin dejar de chupar el habano—. En el cabaret yo invito a champán porque soy el padrino, pero las putas corren por cuenta de cada uno.

—¿Qué cobran en casa la Pilar? —preguntó uno de los neófitos.

—Veintitrés pesetas media hora —contestó nuestro mamporrero—. Hay dos putas nuevas que valen treinta y cinco. Charo y Alicia. Acaban de llegar del Maestrazgo. Si está Merche, ¿oyes, Manuel?, si está Merche la Culo de Hierro, que es murciana, no dudes un segundo en cogerla. Le pediré que te haga un buen trabajo. Para ella será un honor desvirgarte.

—Deja que lo piense —murmuré muy azorado.

—No hay nada que pensar —exclamó el padrino Bola—. He pagado el viaje a condición de que te portes como un hombre. Tómate dos copas de coñac en el bar Paquito antes de entrar en combate como si fueras un legionario.

El taxi descalabrado de Agapito penetró en las primeras calles de Castellón aquella tarde de un domingo de agosto que olía a paja quemada cuando un sol comenzaba a doblar por la sierra de Espadán cuyo color era humo; de la playa regresaban las primeras vespas y lambretas llevando en el transportín sentadas de lado con las piernas muy pegadas dentro de unas faldas de tubo a las novias encendidas y llenas de sal; también se veían en los semáforos algunas motos con sidecar ocupado por señoras de funcionario con el pelo muy cardado y cubiertas de alhajas. Dentro de la ciudad el taxi se detuvo ante un paso a nivel. El tren de vía estrecha, la Panderola, cruzó cargado de muchachos del Frente de Juventudes con camisas azules y correajes que regresaban de una excursión a Onda. Agitaban con la mano las boinas rojas por las ventanillas y venían cantando a grito pelado una canción de moda que decía: todos queremos más, todos queremos más, todos queremos más y más y más y mucho más... el pobre quiere más... y el rico mucho más... Esa canción la llevaba yo todavía en el oído cuando el taxi llegó a la puerta del cabaret Rosales. El padrino gimiendo echó fuera del coche su corpachón detrás del habano y allí mismo en la acera nos agrupó a todos los neófitos para darnos las últimas instrucciones.

—Si alguien os pide el carné, le decís que hable conmigo. Yo aquí soy una autoridad. A ver, Manuel, ¿qué dinero llevas?

—Trescientas pesetas —contesté con toda mi fortuna en la palma de la mano.

—Préstame cien —exclamó Bola pellizcando con gran elegancia uno de los billetes—. Luego pasaremos cuentas.

—Bueno.

—Todos sois menores de edad, pero aquí dentro yo mando mucho. Colocaos en fila a mi espalda. ¿Estáis listos?

—¡Sí!

—Vamos allá —ordenó el padrino.

Vicentico Bola puso en marcha sus ciento treinta kilos en canal hasta cubrir con ellos toda la puerta del cabaret y parapetados en ese volumen íbamos los debutantes agarrados por detrás a su correa. Avanzamos los primeros pasos, sorteamos una cortina roja y en seguida comenzó a sonar al fondo la marcha de los infantes. La orquesta había divisado en la penumbra la humanidad de Bola entrando en el salón y lo primero que hizo fue cortar en seco con un mazazo de bombo la guaracha que estaba tocando y al instante el vocalista y todos los músicos comenzaron a cantar el himno: «Don Vicenteee, don Vicenteee,/ha llegado don Vicenteee». Toni el camarero salió de la barra para recibirle con una reverencia.

—¿Cómo está, señor secretario? ¿Viene usted solo?

—Conque solo, ¿eh? —exclamó el padrino—. Mira lo que os traigo aquí.

Se esponjó como una clueca en medio del salón y los polluelos salimos por debajo de sus alerones. De pronto me vi envuelto en una humareda color quisquilla que olía a amoniaco; dentro de ella adiviné las siluetas de unos huertanos endomingados que estaban amarrados a unas chicas muy pintadas.

Bajo las órdenes de Toni el camarero que hizo de guía en aquella penumbra sin alterar su cara de chino de Shanghai fui conducido en reata hacia el rincón preferido de Vicentico Bola, que iba a mi lado trazando en el aire el signo de la victoria con los dedos. La marcha de infantes había terminado con otro mazazo del bombo y en cuanto nos sentamos en el peluche raído en torno a un velador en seguida se acercaron las chicas contoneando las caderas y yo las veía llegar lleno de pánico mientras alguno de los camaradas probaba a blasfemar para hacerse el hombrecito. Saqué el paquete de Camel y encendí un cigarrillo temblando. Entonces sentí la mano de una de las chicas, la primera en llegar a la mesa, que por detrás me acariciaba el cuello y luego la metía por dentro de la camisa para arañarme el pecho suavemente con las uñas afiladas.

—¿Tu papá sabe que has venido aquí? —dijo.

—No.

—Pero, niño, ¿qué te pasa? Te está latiendo el corazón como a un pajarito —murmuró ella sin retirar la mano de mi pecho del que me colgaba una medalla de la Virgen del Carmen.

—Oh, qué chicos más guapos ha traído el señor secretario —dijo muy alborozada una de las lobas.

—¿Os gustan?

—Esto parece una excursión. ¿A qué nos vais a invitar?

—Ten cuidado, Catalina, con lo que haces —dijo el padrino.

—¿Qué pasa? ¿Le estoy haciendo algo malo a este chico? —exclamó aquella pelirroja mientras aplastaba contra mi cogote sus grandes senos perfumados—. ¿No es verdad que te gusta mucho lo que te hago, cariño?

—Trátalo bien, Catalina, que Manuel es delicado. Quería ser misionero —dijo el padrino Bola con el puro Montecristo entre los dientes.

—Pienso tratarlo muy bien. Vamos, cariño, ¿no quieres bailar? —preguntó la chica tirando de mi brazo hacia la pista—. Así que querías salvar negritos. Eso me lo tienes que contar.

El vocalista con chaqueta blanca y el rostro comido de viruela cantaba: somos un sueño imposible que busca la noche/para olvidarse del mundo, de Dios y de todo/somos en nuestra quimera doliente y herida/dos hojas que el viento junta en el otoño/... y en la pista al pie de la tarima un ebrio se estaba comiendo a una chica como si fuera un pastel. Le daba lengüetazos por el cuello y las orejas y luego gruñendo se bajaba a lamerle los pechos, que se le desbordaban por encima de una gran ancla de metal dorado que ella lucía en la boca del estómago, y como la chica se resistía y el hombre tenía pinta de oso aquel abrazo lleno de sudor parecía la llave de corbata con que el famoso luchador Félix Lambán solía inmovilizar a sus víctimas en el cuadrilátero. Nunca había visto de cerca un acto de gula tan feroz. El vocalista seguía lanzando sobre aquel combate su voz melosa que decía así: somos dos seres en uno que amando se mueren/para guardar en secreto lo mucho que quieren/pero qué importa la vida con esta separación/somos dos gotas de llanto en una canción/nada más eso somos, nada más.

Eran las fiestas de agosto. Por las calles de Vilavella el día anterior se había corrido un toro y por todas partes sonaba la banda de música dentro del olor a pólvora bajo un sol de harina. Clavariesas perfumadas con mantilla, medalla y brillo de sudor y de alhajas, labradores con el pescuezo encorbatado y un cirio en una mano habían acompañado a San Roque en procesión de noche a casa del primer clavario donde quedó instalado en un dosel abigarrado de purpurinas, velas encendidas y flores de papel. A unos pasos de allí colgaba el toro desollado y su sangre aún goteaba en la acera en medio de un gran corro de devotos que velaban al santo; unos viejos alpargateros cantaban a dúo unas peteneras sin parar de comer habas cocidas y altramuces bajo una luna llena que olía con toda profundidad a sacrificio de res. El espectáculo había sido excitante. El toro había cosido con una cornada a Tomasín el hijo mayor del carnicero y yo había presenciado su herida de cerca. Cuando lo sacaban en brazos por la barrera vi el foco oscuro de plasma que le brotaba del vientre y ahora él se debatía con la muerte en el hospital de Castellón a pocos pasos del antro en donde yo debería mañana quemar mi virginidad. Mugía el toro arrastrado con la soga hacia el humilladero y allí le esperaba el otro hijo del carnicero con la puntilla; la lengua morada del animal junto con los bramidos había dejado un reguero de sangre y espuma en la calle y sobre ese rastro pasó luego San Roque llevado en andas con los ojos mirando al cielo y con el índice señalándose una llaga en la rótula rodeado de lirios. La niña Marisa estaba en el bar Nacional tomando un granizado de café.

Dentro del volteo de las campanas y del sonido de la banda de música que en ese momento tocaba el pasodoble El Gato Montés, Vicentico Bola en el bar Nacional me invitó a sumarme a la expedición al cabaret y a la casa de putas que se iba a efectuar al día siguiente. Le dije que lo pensaría.

—No tienes mucho que pensar. Es la primera cosa que uno debe hacer cuando se es hombre. ¿Cuántos años tienes? —me preguntó el padrino.

—Diecisiete.

—Es la edad justa. Mañana te vienes con nosotros a Castellón.

—¿Quiénes van?

—El panadero Ballester, el hijo de don Eloy y el Chato.

Me decidí de madrugada mientras sonaba el canto de las peteneras bajo la luna.

Junto al dosel de San Roque aún goteaba el toro desollado y pensando en lo que iba a suceder al día siguiente esa noche dormí mal. Había dejado de ser un elegido de Dios. Recordaba todos los fantasmas religiosos que surgían de aquel viejo caserón donde me había educado en medio de un olor a manzana podrida y sentía todavía en los huesos la humedad de aquellos muros impregnados por el agua blanda del canal. Pero ahora acababa de amanecer un día pastoso de verano y sonaba de nuevo la banda de música que acompañaba al santo a la iglesia y pasaban niños vestidos de terciopelo valenciano llevando en la cabeza tablas con grandes tortas de merengue y chocolate y frutas confitadas que tenía que bendecir el cura. Hacia el mediodía el olor de la pólvora se unió al perfume del sofrito de las paellas que crepitaban en todos los corrales. Por el pueblo se había extendido el rumor de que el hijo del carnicero estaba agonizando en el hospital y esa misma mañana el panadero Ballester me llevó en la vespa a la playa de Burriana a ver a la danesa.

—¿Crees que estará todavía? —me preguntó muy excitado.

—Seguro —le dije.

—Vamos a intentarlo otra vez.

En el chiringuito de Manolo sonaban mira que eres linda y otras canciones de Machín en un gramófono que accionaba una de las hijas; a la barra llegaban algunas chicas con el bañador mojado, los pies con arena pegada y pedían patatas fritas y vermut con aceitunas rellenas. Bajo este cañizo que daba una sombra violácea en medio de una luz muy cruel no estaba ella y el panadero se fue a buscarla por toda la playa. Era una chica escandinava bellísima, la primera turista que había recalado en este lugar. Tenía el pelo de maíz híbrido y llevaba un bañador de flores que le marcaba el sexo en forma de queso.

La tienda de campaña tampoco estaba allí, de modo que lo más lógico era que la chica y su pareja se hubieran largado ya, pero el panadero y yo rastrillamos la extensión de cuerpos tumbados en la arena sin perder la esperanza de encontrarla. Ya no apareció más. Esa tarde en el taxi de Agapito me acordaba de ella y aún la veía tomando el vermut rojo durante aquel crepúsculo poco antes de que cogiera a su amigo por la cintura y ambos se metieran en la tienda de campaña y allí dentro en la oscuridad encendieran una vela que iluminaba sus cuerpos desnudos celebrando un coito ante unos veinte huertanos sentados en las sillas de tijera. Ahora allí en el chiringuito de Manolo seguía cantando Machín mira que eres linda.

—Así que querías ser misionero.

—Sí.

—Querías salvar negritos.

—Sí.

—¿No te gustaría salvarme a mí?

Entonces el vocalista comenzó a cantar Siboney y a mí ya me ardían las orejas. La pelirroja Catalina en medio de la pista pegó su vientre al mío, puso su mano blanda en mi pescuezo y al instante me vi dentro del suave oleaje de sus senos que me batían y sobre ellos vi que oscilaba una cadenilla de oro con un pequeño rubí sangre de pichón y de pronto sentí que volvía aquella imagen de cuando yo tenía doce años y una pantalonera de Villarreal se abatió sobre mí mientras me tomaba medidas para un traje. No comprendía por qué se agitaba tanto aquella señora. Me estaba probando unos pantalones bombachos y ella llevaba en la muñeca un acerico de terciopelo donde iba clavando alfileres que a veces también mantenía en los labios apretados o se traspasaba con ellos la blusa blanca cuyos botones se veían a punto de estallar debido a la presión de sus

grandes senos. Tampoco comprendía por qué
aquella señora me trataba de forma tan cariño-
sa aunque fuera amiga de mi tía Pura. Rodea-
ba mi cintura con la cinta métrica, me atraía
hacia sus rodillas y de pronto me encontraba
con sus senos pegados a la mejilla sin poder za-
farme y a ella el aliento se le alteraba e incluso
llegaba a gemir un poco. Luego parecía dudar
y me apartaba. Con algunas agujas apretadas
en un lado de los labios me decía:

—¿Y cómo un chico tan guapo como
tú quiere ser cura?

—No sé.

—¿No te gustan las chicas?

—...

—Dime.

—...

—¡Oh, te has puesto colorado!

La blusa blanca de aquella pantalonera
también estaba traspasada con agujas y aunque no eran las siete espadas de la Virgen Do-
lorosa a mí me turbaban. Ella marcaba con tiza
la tela del pantalón bombacho; la prendía con
alfileres alrededor de mis muslos, de mi cintura, y cuando ya me tenía ensartado como a un
San Sebastián me decía que un chico tan guapo
como yo no podía quedarse sin probar un que-
sito muy dulce que las mujeres tenían en un
lugar escondido.

—Tu tía Pura me ha dicho que quieres
ser misionero. ¿Es eso cierto?

—Sí.

—¿Y piensas ir a África a bautizar negritos?

—Sí.

—¿Y no crees que puedes salvar almas aquí sin ir tan lejos?

—No sé.

—¿Y si te pincho sin querer me perdonarás?

En una de las pruebas la modista me pinchó con el alfiler en una tetilla y con ese motivo ella me abrazó con fuerza por primera vez para pedirme perdón. Tuve la misma sensación que ahora experimentaba en el cabaret Rosales en brazos de la pelirroja Catalina, aunque entonces no había vocalista que entonara la melodía Siboney, pero una mañana en casa de la modista el sol entraba por la ventana y cantaba el canario flauta. Esta vez fue ella la que se clavó una aguja en un seno durante la última prueba de mis pantalones bombachos. Comenzó a sangrar. Recuerdo muy bien la mancha roja que de pronto apareció en su blusa blanca. La modista se desabrochó los botones y me mostró su carne interior adornada con el encaje negro del sostén.

—¡Dios mío, me he lastimado! —exclamó.

—...

—Oh, qué dolor.

—...

—Hijo, ayúdame.

—No sé que hacer —le dije.

—Hay algodón y agua oxigenada en esa caja.

La mujer se bajó con el dedo un poco más el encaje del sostén ante mis ojos hasta encontrar el picotazo del alfiler que había dañado una de aquellas venillas azules de donde no dejaba de brotar una gota de sangre por más que ella se pasara una y otra vez el algodón con agua oxigenada.

—Hazlo tú —me dijo.

—Qué.

—No para de sangrar. Seguro que tú creías que iba a salir otra cosa de aquí dentro, ¿a que sí?

—No sé.

—Aprieta aquí. Más fuerte. Dime, ¿qué creías que iba a salir?

—No sé, eso... eso que tienen ahí dentro las mujeres —murmuré mientras el rubor me latía ya en las orejas.

—¿No te atreves a decirlo?

—No.

Le estaba apretando con una pizca de algodón mojado el picotazo del alfiler en el seno a la modista y ella suspiraba, y cuando trató de abrazarme también yo sentí en varias partes del cuerpo los pinchazos de los alfileres que tenía prendidos en el traje. Durante algún tiempo aquellos pantalones bombachos

de lonilla verdosa los tuve asociados a un pecho femenino que, en lugar de manar leche,
sangraba, pero este recuerdo se me había perdido, incluso había olvidado el rostro de
aquella mujer y de pronto volvió del fondo
de mi adolescencia la misma imagen en el
instante en que vi sobre los senos de la pelirroja Catalina agitándose un pequeño rubí
como una gota de sangre. El vocalista ahora
cantaba: tus labios me enseñaron a sentir lo
que es la ternura/y no me cansaré de bendecir
tanta dulzura/te puedo yo jurar ante un altar
mi amor sincero/... y la pelirroja Catalina me
decía:

—¿Sabes que eres un chico muy guapo?

—...

—¿Cuánto dinero tienes?

—Trescientas pesetas.

—¿Y en lugar de salvar negritos de
África no te gustaría salvarme a mí? Anda
vamos a sentarnos tú y yo solos en un reservado y me invitas a una copa como un hombre.

Era un gordinflón muy guapo, tenía los labios morados; la papada todavía prieta que le llegaba hasta el esternón le confería un aire adinerado y él alimentaba esa imagen soltando duros de propina por donde quiera que pasaba, pero Bola no era más que un tendero de ultramarinos harto de vender sardinas de bota en el pueblo y también llevaba una parada de melones en verano en el mercadillo que se establecía a lo largo de la tapia del hospital de Castellón frente a la casa de putas más acreditada. Había preñado a la hija del jefe de la estación de Nules, una chica que se llamaba Lolín. Bola prometió casarse con ella; la boda estaba fijada para un día de invierno a las cuatro de la madrugada y en la iglesia de Nules tiritando de frío el cura, el sacristán, los testigos y la novia con sus padres esperaban que Vicentico bajara de Vilavella en bicicleta a cumplir lo prometido. Cuando pasó una hora sin que el novio apareciera, entre todos decidieron ir en su busca en compañía de la guardia civil; bajo la dura helada de una noche de enero la comitiva recorrió a pie la carretera de dos kilómetros y medio que separa Nules de Vilavella y al llegar al establecimiento de la calle San Roque cuyo rótulo ponía Comestibles Sanahuja uno de los guardias con la culata del naranjero dio tres golpes en la puerta de acordeón. No consiguieron que Bola se levantara de la cama, pero ante las voces que daba el sargento apellidado Garrut se abrió una ventana de arriba y asomó la cabeza una tía carnal y después por otra ventana también se asomó la madre, cubierta con una toquilla, dos viudas que cuidaban de aquella criatura de ciento treinta kilos en canal como si se tratara de un bebé gordito y sonrosado. A gritos desde la calle la guardia civil explicó a las dos mujeres todo el asunto y que ellas por supuesto ignoraban.

—Venga, venga, que se levante Vicentico, que se tiene que casar.

—El chico está durmiendo —dijo la madre.

—¡Ha dejado embarazada a mi hija! —exclamó el padre—. ¡Sáquelo de la cama!

—No me atrevo a despertarlo. Compréndanlo ustedes. Está descansando, ¡angelito mío! —suspiró la tía carnal.

—¡Abran a la guardia civil! —aulló el sargento Garrut.

—Por favor, no grite. Va a despertar al chico.

—¡A eso hemos venido!

Mientras en la calle bajo las estrellas escarchadas sucedía este conato de asalto, el gordinflón roncaba ajeno y feliz. Dos mujeres estaban defendiendo su bastión desde las ventanas y detrás de ellas Bola dormía arropado con una manta morellana resoplando con las manos gordezuelas posadas en las tetillas. Quienes le han visto dormir alguna vez dicen que siempre dormía con media sonrisa en los labios y con toda seguridad así lo hacía aquella noche sin que la guardia civil consiguiera quebrantar su sueño. Hubo más gritos y otros culatazos de fusil en la puerta del establecimiento pero fracasaron.

—¡Hale, hale!, ¡márchense, por favor y dejen dormir al niño! —dijeron las mujeres antes de cerrar las ventanas.

Después entre dientes aún sentenciaron:

—Respeto al descanso de los demás es lo que hace falta.

La novia temía la luz del día. Sus padres también la temían. Un honrado jefe de estación del año 1950 no podía permitirse el lujo de que la aurora iluminara el embarazo de siete meses de su hija en plena calle. Flanqueada por la guardia civil la comitiva partió de regreso a Nules y la novia iba vestida de blanco con un ramo de flores silvestres en la mano que arrojó a la cuneta y por la carretera ya estaba amaneciendo cuando se juntó con los carros de labranza que salían del campo tirados por los percherones.

Yo podía imaginar cualquier cosa de Vicentico Bola, incluso que fuera un impostor. Había hecho la mili tres veces, una verdadera y dos falsas, sólo por largarse de casa y en una de aquellas fugas a su madre le escribía diciendo que estaba sirviendo a la Marina en Cádiz, pero de pronto en el cinema Rialto del pueblo Bola apareció en la pantalla haciendo de extra en una película de Amparito Rivelles y Rafael Durán y toda la gente se puso a gritar «¡¡ahí está Bola, ahí está Bola!!» y, aunque sólo salió tres segundos plantado en una acera de la Gran Vía de Madrid en plan peatón, cuando regresó al pueblo fue recibido como un héroe y en seguida se dedicó a los negocios. En el taxi de Agapito iba a comprar coles al campo de Moncofar. Bajaba del coche en medio de la huerta; paseaba su figura de enorme ricachón por los surcos y sólo con ver su pinta de Faruk los huertanos sin ponerse de acuerdo doblaban el precio de las hortalizas. Eso a Bola no le importaba nada. Pagaba un sobreprecio por las coliflores sin que nadie se lo pidiera; fletaba con ellas un camión y lo mandaba al Borne de Barcelona. Le decía a su madre y a su tía carnal que tenía que ir a cuidar de la mercancía, pero perdía de vista el camión y él se quedaba encerrado en la pensión Mallorca, en Castellón, con la puta Purín, a la cual había prometido retirarla del comercio de carne. Mientras el camión cargado de coles seguía viaje hacia el norte sin rumbo conocido Bola se pasaba un mes entero acostado en la cama de la pensión con su socia sin poder salir a la calle y de vez en cuando llamaba por teléfono a casa simulando una conferencia desde Barcelona.

Podía imaginarme cualquier cosa de Vicentico Bola menos que osara hacerse pasar por el secretario del gobernador civil de Valencia allí mismo en el cabaret Rosales teniendo como tenía un puesto de melones en el mercadillo de la tapia del hospital, a cincuenta pasos de ese antro y a menos de veinte de casa la Pilar, el prostíbulo donde él también reinaba. Pegada a mis costillas la pelirroja Catalina bailando una melodía de los Panchos me decía:

—Don Vicente nos va a salvar.

—...

—Tiene muchas influencias, ¿sabes? Ahora el gobierno va a cerrar las casas. Acaba de firmar un concordato con el clero y por lo visto también va a cerrar muchos cabarets.

—¿Y eso que tiene que ver? —pregunté.

—Yo estoy bien atendida. Por mí no hay caso. Pero don Vicente es un político de gran corazón y ha prometido colocar en sindicatos y en el gobierno civil a algunas de las chicas si la cosa se pone mal... Bueno, guapo, antes de que los curas nos cierren el local invítame a una copa. Vamos a un reservado y te enseñaré un gatito. ¿No quieres?

Aunque había sucedido un par de años antes yo aún recordaba muchos detalles del crimen del cine Oriente, en la calle Sueca de Valencia. De pronto un día de junio todo el patio de butacas había comenzado a oler de una forma insoportable y el dueño le dijo a la señora de la limpieza que se esmerara un poco más. Al principio se pensó que habría alguna rata muerta en algún rincón, y pese a que se trataba de un cine popular del barrio de Ruzafa donde daban tres películas por dos pesetas de entrada muchos pensaban que no tenía por qué oler a rata muerta. Por esos días aparecieron detrás de una tapia, cerca de la vía del tren de Barcelona, dentro de un saco, unas piernas cortadas con un serrucho a la altura de las rodillas. Nadie dudó de que eran unas piernas de mujer puesto que estaban depiladas y con las uñas de los pies recién pintadas. Poco tiempo después un perro solitario desenterró en un solar de la Malvarrosa unos brazos serrados por las axilas que todavía llevaban pulseras de bisutería en las muñecas y algunas sortijas en los dedos.

A medida que iba avanzando el calor en Valencia el cine Oriente olía más profundamente a carne podrida. Aquel verano yo leía en el periódico Las Provincias que el dueño del cine pasó algún tiempo olfateando la platea y el anfiteatro hasta que su nariz lo llevó detrás de la pantalla y allí descubrió una caja metálica de galletas que contenía la cabeza de un señor cubierta de tierra. La mujer de la limpieza cantó enseguida. Ella vivía en la misma buhardilla del local con un hombre separado, cosa que todo el mundo ignoraba. Él era canijo y chulín, y por lo visto bebía. Cuando regresaba a casa muy borracho lo primero le daba a la mujer una gran paliza antes de hablar y ella que estaba bien cuajada un día se hartó, le arreó una patada en la cruz de los genitales y al caer hacia atrás el tipo se desnucó contra la caja de herramientas que servían para arreglar las butacas del cine, pero la mujer creía que sólo se había desvanecido, lo llevó a la cama y durmió toda la noche con el cadáver.

Al día siguiente comenzó a maquinar la forma de deshacerse del fiambre, ya que el muerto no se movía. Primero le depiló las piernas y los brazos, le pintó las uñas de los pies y las manos, lo adornó con joyas baratas para que lo confundieran con el cuerpo de una mujer si lo encontraban. Con un serrucho, una lima y un cuchillo dividió en varias partes a su compañero y metidas en sacos las fue repartiendo por distintos puntos de Valencia, las piernas junto a las vías del tren, los brazos en un solar de la Malvarrosa, el tronco en un basurero de Nazaret, toda la ventresca bajo el puente de la Trinidad, pero la cabeza la dejó a secar detrás de la pantalla del cine Oriente donde esa semana echaban estas películas: La viuda alegre, Ivanhoe y El prisionero de Zenda, aparte de un Nodo en que se veía a Ava Gardner llegando por primera vez a Barajas. La homicida se llamaba María López Ducós y el muerto siempre había atendido al nombre de Salvador Rovira. El juicio se celebró en mayo del año siguiente y yo lo había seguido en unos recortes de Las Provincias que mi padre guardaba en un cajón de la escribanía.

En aquellos papeles que ahora ya amarilleaban salían retratadas las figuras de ese crimen que ocupó parte del verano y una de las testigos que había declarado en el juicio tenía la misma cara que esta chica con la que yo ahora compartía media combinación en el reservado del cabaret Rosales detrás de una cortina de raso. Al forense le parecía imposible que una mujer, aunque fuera fornida, pudiera descuartizar a su amante sin ayuda en sólo cinco horas. Se dijo que una sobrina de la homicida le había echado una mano y que la chica estaba en el descorche en Mocambo, el cabaret que Mercedes Viana tenía en el pasaje de la Sangre, en Valencia. Cuando la pelirroja Catalina me dijo que ella había trabajado en Mocambo, por fin logré encajar su rostro en aquella galería del crimen del cine Oriente, pero no me atrevía a decirle nada.

Desde su mesa Vicentico Bola observaba cómo los neófitos bailaban y él tenía dos chicas para sí, una en cada muslo. El panadero Ballester, el hijo de don Eloy y el Chato estaban bien amarrados a unos troncos femeninos y la orquesta iba soltando toda la miel posible sobre ellos. Sonaban las canciones del tiempo. Toda una vida, Madrecita del alma querida, Dos gardenias para ti, Bésame mucho, La vie en rose, Camino verde, y desde el reservado oía también los taponazos del champán que salían como salvas de honor desde la jurisdicción de Bola. Mi tío Benjamín me había regalado dos mil pesetas por haber sacado notable en el examen de Bachiller. Sabía que las trescientas que me daban estaban destinadas a sufragar la generosidad de mi padrino, pero no pensaba en eso ahora, puesto que tenía a la pelirroja Catalina sentada en mis rodillas y no sabía qué hacer con ella detrás de la cortina bajo el volumen de sus senos que emanaban un perfume casi fluido. La chica no paraba de decirme que si la invitaba a otra copa me dejaría acariciar un gatito y yo no sabía a que se refería ni podía articular una sola palabra.

—¡Habla, leche! —exclamó la chica ya un poco nerviosa.

—...

—Dime algo. Acaríciame las tetas, al menos.

—He visto tu cara en el periódico —le dije, por fin, después de tragar saliva tres veces.

—¿En el periódico?

—En un juicio del año pasado en Valencia —murmuré completamente aturdido.

—¡Qué dices, niño! ¿Estás loco?

En ese momento Toni el camarero apartó la cortina y le hizo un gesto a la chica. Ella saltó de mis rodillas como un muelle y ni siquiera se despidió de mí. Cuando abandoné el reservado para volver al amparo del padrino vi que la pelirroja Catalina estaba en la barra en compañía de un tipo de chaqueta a cuadros y reloj de oro. Los otros debutantes bailaban y yo comencé a sacar pecho pensando que los demás creerían que me había portado como un hombre a solas con la chica. Le pregunté al padrino:

—¿Quién es ése que está con ella?

—Es un exportador de frutas que se llama Sanguino —contestó Bola.

Sin duda mi padre tenía toda la estructura del universo en la cabeza: el hijo mayor llevaría la tierra, a mí me entregaría a la Iglesia, el tercer vástago se dedicaría a la ingeniería y las dos hijas serían limpias y honestas y se casarían con chicos honrados de buena familia con no menos de trescientas hanegadas de naranjos. De esta forma se cumpliría el orden ontológico y todo quedaría en su sitio: Dios en el cielo y las escrituras de propiedad en el cajón de la cómoda. Siguiendo cierta estrategia una tarde de mayo en que olían a azahar las calles blancas del pueblo me mandó recado el vicario mosén Javier para que fuera a verle. Vivía en la casa de dos beatas. Yo era monaguillo. Tenía 10 años. Me recibió en el piso de arriba sentado a una mesa en un rincón bajo un Cristo de madera oscura y por el balcón entraba un sol muy violento que en el suelo de yeso marcaba un cuadrilátero de luz de donde subía en suspensión un polvillo dorado. Para llegar hasta el escritorio del capellán tuve que atravesar ese rayo resplandeciente y por un instante quedé dentro de él. Esa luz sobre la frente y la sonrisa abierta del vicario me hicieron pensar en que algo sagrado estaba a punto de posarse sobre mí.

Mosén Javier fumaba sin parar. Toda la trama de su sotana despedía por las costuras olor a tabaco rancio. Llegué hasta él y me ofreció una silla a su lado, me rodeó el hombro con el brazo y tal vez me acarició la mejilla con un suave pescozón; posó la otra mano sobre un libro de tapas negras; comenzó a decirme palabras halagüeñas y al final de un largo circunloquio me insinuó que Dios había pensado en mí para una misión muy alta. Me quedé muy sorprendido. No comprendía cómo mis padres no paraban de regañarme todo el día y de pronto Dios y el vicario me valoraban de esa forma, a mí que en la escuela don Ramón no hacía sino arrearme patadas y en el pueblo me tenían por un salvaje.

—¿Qué te gustaría ser? —me preguntó.

—No sé —le dije—, cualquier cosa que le guste a mi padre.

—Tú eres listo. Tienes que estudiar. ¿No te gustaría ser apóstol y salvar muchas almas? Dios te ha elegido entre todos los niños del pueblo. ¿No quieres dar gusto al ser que te ha creado?

—¿A mi padre?

—A Dios.

—No sé.

—Piénsalo bien. Volveremos a hablar mañana.

Era el tiempo de las cruces de mayo. Había azahar. La hierbaluisa del patio me dejaba un perfume de limón cuando la restregaba en mis manos pensando en unos raíles del tren que me llevarían a servir a Cristo muy lejos. Al día siguiente mi madre en la mesa de un modo ostensible me sirvió la sopa el primero, antes que a todos mis hermanos, y después también me puso en el plato la más hermosa ración de carne. De esta forma recibí la primera señal de que Dios me había elegido. A partir de ese momento mi padre comenzó a sonreír. Aprovechaba cualquier ocasión para decirme que yo no era como los demás... y ahora recordaba todo aquello sentado en el banco corrido que había en la sala de espera de casa la Pilar, el burdel más concurrido de Castellón, dentro de una densa humareda de tabaco.

Al salir del cabaret Rosales ya se había ido el sol, pero la tarde aún conservaba unas veladuras grises muy claras que permitían ver de lejos aquella casa color de rosa y la colada de bragas y sostenes que estaba tendida en su terraza. Parecían gallardetes o grimpolones de una vieja gabarra anclada en el chaflán. Había lencería de todos los colores, rojo, negro, malva, blanco y azul. Señalando ese despliegue con otro puro que acaba de encender, Bola exclamó:

—Son las banderas del ejército enemigo. ¿Estás preparado, Manuel?

—No.

—Tienes que quedar como un hombre.

A pesar de todo no era yo entre los camaradas el más aterrorizado. De pronto uno de los tres neófitos comenzó a vomitar en la acera agarrado a un canalón. Dijo que el champán le había sentado mal, pero sin duda el nudo de su estómago se debía a la neurosis del guerrero a punto de entrar en acción. Antes de llegar al burdel tomamos unas copas en el bar Paquito y en bar Vaqueret donde había prostitutas pasadas de años, preñadas, descalabradas. Todas conocían a Bola y ninguna dejó de llamarle don Vicente con mucho respeto y cuando alguna insinuaba que aún estaba esperando el favor que le había prometido el gordinflón se limitaba a sonreír. Cada una de ellas tenía una esperanza puesta en este padrino al que creían coronel o jefe de sindicatos o terrateniente o cualquier cosa más importante todavía debido a su tamaño.

Frente a casa la Pilar había muchas motocicletas aparcadas ya que la gente había llegado de los pueblos ese domingo de agosto. En medio de una extensión de vespas, lambretas y guzzis en la soledad de la explanada del padre Jofré se veía el desvencijado Ford de Agapito y dentro de esa cafetera el taxista esperaba leyendo una del Coyote y echando tragos en el botellón de agua con bicarbonato. Al entrar en el burdel me golpeó un tufo de zotal y humo de tabaco y también una mezcla de sudor y perfume de garrafa. Había unas veinte personas sentadas en unos bancos corridos, en su mayoría gente con pinta de tener algunas hanegadas y todos hablaban en voz baja mientras observaban a través del humo del cigarrillo a las chicas en liguero que iban desfilando por delante de ellos con la boca entreabierta por un falso placer. De aquel pequeño salón partía un pasillo con habitaciones a izquierda y derecha. Una escalera conducía al piso superior donde trabajaban sin parar las dos putas de más éxito, recién llegadas del Maestrazgo.

Me senté en uno de aquellos bancos. Desde allí presencié el alborozo que produjo la presencia de don Vicente. La dueña le recibió con los brazos abiertos. Cuatro putas estaban esperando el resultado de su gestión, querían saber noticias, pero Vicentico Bola sólo preguntaba:

—¿Dónde está Merche? ¿Dónde está Merche, la Culo de Hierro?

Sentado en el banco corrido oía estas voces dentro de un vacío neumático. Pensaba en una sonrisa de mi padre ya muy lejana.

Tenía algo de acuario aquel salón del prostíbulo y los peces más vistosos que por allí se movían dentro de la humareda eran unas carpas pintarrajeadas y con la tripita muy ceñida se contoneaban entre unos huertanos silenciosos que las miraban con todo el peso del deseo mordiendo la punta del caliqueño. Merche, la Culo de Hierro, estaba ocupada. Para mí supuso un primer alivio. En el pasillo había un trasiego de palanganas. Por la escalera bajaban en una cadencia de un cuarto de hora clientes con cara beatífica recién eyaculados y las dos putas de primera clase que trabajaban en el piso de arriba ni siquiera tenían tiempo para dejarse ver. Había cola ante su puerta ese domingo de agosto y el turno lo llevaba directamente el ama con anotaciones a lápiz en un papel de estraza. Alguien a mi lado comentó al ver la humanidad de Bola moviéndose a sus anchas por allí.

—Ese gordo tiene que ser un alto cargo.
—¿Un cargo de qué?
—Del Movimiento.

—A ése le he visto yo vender melones en el mercado de Villarreal —dijo un tipo con muchos dientes de oro.

—Eso no es posible.

—Le he visto vender melones vestido con la camisa azul de Falange.

Pero en ese momento Vicentico Bola seguía dando cariñosos pescozones en la barbilla a la dueña Pilar y riendo muy feliz le decía que la cosa estaba hecha y que la semana que viene tendría noticias, que sólo faltaban unos informes.

—¿Qué va a ser de mí, don Vicente, si me cierran la casa? —lloriqueaba la Pilar.

—Eso no va a suceder. Tranquila, tranquila —le decía Bola sin dejar de hacerle carantoñas.

—Ya me han mandado tres recados, don Vicente. Me han asegurado que en cuanto el Caudillo firme el Concordato mis chicas se van todas a la calle. ¿Y qué voy a hacer yo entonces? Morirme de hambre, don Vicente. Yo sé que usted tiene muchas influencias. Conoce a ministros y es secretario del gobernador. Tiene que echarme una mano.

—Lo estoy haciendo, lo estoy haciendo —exclamaba Bola.

—¿Usted cree que los curas tendrán fuerza para cerrarnos el negocio?

—No sé, no sé —rezongaba el gordinflón.

—Haga algo por mí, don Vicente.

—Hablaré con el gobernador. Si los curas te cierran la casa veré de meterte en algo de sindicatos.

Dentro de unos instantes, en cuanto Merche se desocupara, tendría que enfrentarme al destino. Estaba muy angustiado. Tendría que entrar en uno de aquellos cuartos del pasillo y me vería obligado a desnudarme ante aquella mujer hasta quedar pelado como un conejo con una palangana a los pies, junto a un catre que sin duda olería a esperma rancio. Sentado en el banco corrido entre los labradores que guardaban silencio como si estuvieran en misa comencé a imaginar que en cuanto tocara la carne de esa mujer algo se iba a evaporar para siempre dentro de mí. Toda la energía que había acumulado en la adolescencia, la lucha por no ser como los demás, la fortaleza que había adquirido haciendo deporte, el amor que aún sentía por la Virgen María, la esperanza de enamorar a aquella niña de la trenza de oro que se llamaba Marisa abandonaría mi cuerpo definitivamente y toda la gracia de mi alma se perdería como un perfume cuando el frasco se rompe.

Al parecer los otros debutantes en el amor no tenían tantos escrúpulos. El padrino los había arreglado en seguida con las tres carpas que primero se acercaron y ahora estaba cada uno recibiendo la iniciación en el catre respectivo al fondo del pasillo. Merche, la Culo de Hierro, seguía ocupada. Vicentico Bola se sentó a mi lado para animarme durante la espera y entonces vino una de las chicas que se llamaba Esmeralda y le entregó un sobre de forma muy discreta sin que la dueña lo notara. Según pude ver el sobre contenía una instancia en papel de barba con pólizas y timbres adecuados.

—Le he dicho que iba a colocarla de secretaria en Hacienda y se lo ha creído —exclamó Bola—. Aquí en el barrio todo el mundo cree que soy un jefazo, ¿te has dado cuenta?

—Sí.

—Yo no hago estas cosas por maldad.

—No.

—Lo hago para darles un poco de ilusión a estas chicas.

—¿Y ellas qué dan? —pregunté.

Sin esperar respuesta Bola me pidió otras cincuenta pesetas. Dijo que ya pasaríamos cuentas y se fue detrás de Esmeralda que le había hecho un guiño desde el tercer peldaño de la escalera. Los cuatro de la comitiva estaban ahora deshollinando sus tuberías y al verme solo en medio de aquel ambiente tan denso decidí salir a la calle. No era todavía de noche. Frente al burdel aún se distinguía muy bien la silueta del taxi de Agapito junto a la tapia blanca del hospital. Allí había unas personas hablando con el taxista y al principio

traté de escabullirme, pero me habían reco-
nocido y levantaron el brazo para que me acercara. Eran unos primos carnales del joven
que había sido corneado por el toro del día
anterior en el pueblo. Habían venido a verlo
al hospital de Castellón y ellos en seguida me
dijeron que el chico había muerto aún no hacía una hora. Estaban esperando a que les dieran permiso para ver el cadáver.

—Ha sido una cornada muy parecida
a la de Manolete —explicó con pasión uno de
los primos del difunto—. El cuerno le ha entrado por aquí, le ha partido la femoral y después le ha llegado hasta la pleura. Eso ha dicho el cirujano.

—¿Le van a hacer la autopsia?

—¿Qué más autopsia que una cornada
de dos palmos de profundidad? Nosotros vamos a pasar la noche aquí.

En ese momento tuve el dilema de
volver al prostíbulo o acompañar a aquella
gente al hospital para ver el cadáver. En esa
muerte descubrí otra vez la mano misteriosa
que me acaba de salvar del abismo en el último instante. A lo largo de la tapia del hospital seguí con las manos en los bolsillos a la familia del muerto hasta un vestíbulo donde
también había otros bancos corridos llenos
de gente, pero allí unos guardaban silencio
con la cabeza baja o lloraban con un pañuelo
en la boca bajo unos tubos de neón.

El toro que mató a Tomasín, el hijo del carnicero, había pasado toda la noche colgado a la intemperie goteando sangre junto al dosel del santo patrón mientras en el hospital de Castellón la víctima expiraba, pero al día siguiente se celebraba la fiesta y por la mañana las campanas voltearon en medio del ruido de las tracas y la banda de música se paseó por la calle bajo el violento olor a pólvora tocando Suspiros de España. El toro había sido descuartizado al amanecer. Su carne se vendía a los cofrades en la misma carnicería que regentaban los padres del joven herido. Sobre el mostrador de mármol caía la cuchilla contra las partes de aquel animal asesino cuyas chuletas y solomillos eran envueltos en papel de periódico y repartidos entre la clientela que allí en la cola preguntaba por la suerte del muchacho y el dependiente decía que hasta ese momento las noticias no eran del todo desesperadas.

El santo patrón fue devuelto en procesión a la iglesia. Detrás de la imagen junto con los tres clavarios morenos y trajeados de azul marino iba el cura Fabregat y el predicador contratado para la fiesta, Vicente Gallart, párroco de la Malvarrosa de Valencia, un preste florido, flamenco y muy guapo que llevaba la teja un poco ladeada y una parte del manteo plegada sobre el antebrazo como la capa de un torero. Durante la misa mayor había reinado en el pueblo un silencio absoluto, sólo interrumpido por algún cohete esporádico o por el petardeo de una motocicleta que se iba a la playa y en medio de las calles desiertas la voz del predicador se oía desde la iglesia abarrotada que tenía las puertas abiertas y con fieles hasta mitad de la plaza todos sudados. El predicador ensalzaba las virtudes de este santo abogado contra la peste y después del sermón comenzó a crepitar el sofrito de la paella a la sombra de las higueras en los corrales. En la paella se iba dorando el conejo, el magro de cerdo y el pollastre de pajar mientras la banda de música acompañaba por la calle el guión de San Roque con los acordes del pasodoble Pepita Creus y grandes tartas con grecas de merengue recién bendecidas eran paseadas hasta el dosel del primer clavario bajo el sol de mediodía que también sacaba destellos de oro y sudor a las mujeres al salir de misa mayor. Pero en algunas casas del pueblo ese día no se hizo paella sino un estofado con la carne del toro de Isaías y Tulio Vázquez que había matado a un joven de la villa.

Ese domingo de agosto había ido a la playa de Burriana en la vespa del panadero Ballester para ver a la danesa; había tomado leche merengada en el bar Nacional después de comer y desde el bar arrancamos en el taxi de Agapito los cuatro neófitos y el padrino hacia el cabaret Rosales a media tarde para conocer por primera vez las delicias del amor. Ahora me encontraba sentado en un banco del vestíbulo bajo unos tubos de neón en el hospital de la ciudad a la espera de que saliera un responsable y nos hiciera pasar al sótano para ver el cadáver del muchacho que había sido corneado por un toro. Los otros camaradas llegaron allí cuando al salir de la casa de putas el taxista les avisó. Dieron el pésame a los familiares y se sumaron al silencio de todos los demás, pero antes uno de los primos volvió a explicar la cornada.

—Lo peor ha sido que el toro tenía el cuerno astillado. Eso le ha causado un gran destrozo en el vientre. Y después, la ambulancia ha tenido que parar en la gasolinera de las Alquerías del Niño a repostar y allí ha pasado un cuarto de hora. Mientras al coche le ponían gasolina, el Tomasín perdía toda la sangre. El cuerno le ha entrado por aquí, le ha atravesado todo esto, luego se ha desviado hacia esta parte y le ha tocado la pleura, pero al final aún ha bajado hacia el intestino y ahí se le ha enroscado en el femoral como a Manolete.

El primo carnal del muerto explicaba la trayectoria del asta con ademanes muy taurinos; en medio del vestíbulo del hospital bajo los polvorientos tubos de neón parecía que daba una tanda de naturales rematados con un pase de pecho; Bola asentía en silencio junto con los demás debutantes que traían todavía impregnado un perfume gordo de puta en la carne. En ese momento llegó un enfermero y comunicó a la familia que el cadáver aún tardaría algunas horas en estar presentable, con lo cual nosotros, después de dar el pésame otra vez, regresamos al pueblo en el taxi de Agapito y todas las estrellas de aquella noche de verano entraban por la ventanilla junto con el sopor oscuro de los naranjos que podía confundirse con la plenitud de los sentidos y en medio de ese placer la presencia de la muerte se había convertido en una sensación muy dulce. Con los ojos cerrados y el aire en la cara imaginaba la palidez de aquel joven bajo el paño mortuorio. De pronto uno de los neófitos rompió a hablar contando la forma en que había sido desvirgado.

—Estaba encima de la puta jadeando como si escalara una montaña. Y no podía, no podía. Ella me decía: «tranquilo, niño, no te pongas nervioso.» Me daba palmaditas en la espalda. «Sigue, sigue, chaval», pero yo no conseguía rematar. Ella estaba toda abierta debajo de mí y yo sólo veía la imagen de mi madre que me animaba. Ella gemía: «Ay, qué gusto, qué gusto me das, sigue, sigue, hijo mío.» Y yo no podía, no podía. Hasta que al final lo conseguí. Entonces la puta me dijo: «¿Ya te has corrido, niño?» Y yo le contesté: «Sí, señora.»

Esa noche en el pueblo la banda de música daba un concierto. Tocó El Sitio de Zaragoza. En uno de los sillones de mimbre que había en la acera del balneario estaba Marisa junto a sus padres. Se parecía más que nunca a Inés Orsini, una pequeña actriz italiana que en la película La Virgen de Fátima había hecho el papel de la pastorcita Lucía, y su trenza era idéntica y también los ojos verdes un poco encapuchados y los pliegues que se le formaban en las mejillas al sonreír. La banda de música después tocó una obertura de Rossini.

Franco y yo llegamos a Valencia el mismo día: él venía a visitar el acorazado Coral Sea, de la VI Flota, fondeado en aguas de la Malvarrosa; yo iba a estudiar el preuniversitario en la academia Castellano que estaba en la plaza de los Patos. Era un 9 de octubre, festividad de San Donís, patrón de los pasteleros. Ese día se celebraba en Valencia la tradición de la mocadorada: los enamorados se obsequiaban con un pañuelo repleto de dulces, frutos secos y peladillas. Los novios ricos solían anudar el pañuelo con una pulsera o una sortija de valor pero ese día en que llegué a Valencia yo no tenía a nadie a quien dar un caramelo. En cambio a la esposa del Caudillo en el ayuntamiento le acababan de regalar un mantón de Manila lleno de golosinas y alhajas selectas en un acto oficial que estaba retransmitiendo con voz muy redonda el locutor de Radio Alerta: en este momento el excelentísimo señor alcalde en el salón de columnas hace ofrenda a la doña Carmen de un riquísimo mantón de Manila bordado a mano que rebosa de todo lo más dulce que se fabrica en la hermosa ciudad de Valencia, queridos radioyentes, con todo el surtido de turrones los valencianos ofrendamos a la señora también nuestro corazón agradecido.

Mientras el locutor llenaba de azúcar las ondas del espacio yo iba con la maleta en la mano por la calle Pascual y Genís, y allí había una pastelería llamada Nestares que tenía en el escaparate la imagen de Franco fabricada con frutas confitadas, cerezas, higos, orejones, albaricoques, melocotones, junto al escudo de España y la bandera nacional hecha con pasteles y repostería fina. Muy cerca del cine Suizo, en la plaza del Caudillo, la pastelería Rívoli también exhibía la figura de Franco confeccionada a base de almendras garrapiñadas. La Rosa de Jericó, en la calle de la Paz, había montado un motivo patriótico con un arreglo de trufas típicas de la casa y en Noel se podía ver un gran retrato del Vigía de Occidente que hacía sonreír el bigotito entre las columnas de Hércules en chocolate con un letrero de merengue que decía: Plus Ultra. Pero ese día lo más dulce de Valencia era el sol de otoño.

Yo había llegado a la estación del Norte con una carbonilla en el ojo oliendo a humo por todas las costuras del traje de Tamburini y también traía los distintos perfumes agrícolas que había ido acumulando a través de la ventanilla abierta. Había cruzado los tablares de hortalizas de Moncófar, los naranjales de Sagunto, los carrizales del Puig donde pastaban toros de media casta. Después aparecieron algunas barracas en la huerta de Alboraya con surcos abiertos a tiralíneas y en ellos había toda clase de verduras del tiempo entre las cuales aparecían labradores con la espina doblada y figuras de rocines arando a lo lejos y la renqueante velocidad del convoy confería a aquella geometría vegetal una sensación óptica muy próxima a la perfección de la naturaleza. A la altura del Cabanyal el paisaje había comenzado a llenarse de tapias y escombreras con cañizares y almacenes destartalados, y en seguida el tren se había metido resoplando ya con lentitud entre las fachadas sucias con mucha ropa tendida en las ventanas y la máquina no había parado de silbar con un sonido amenazador cuando atravesaba algunas bocacalles de la ciudad que tenían la barrera echada, y en el paso a nivel del Camino de Tránsitos esperaba la gente con motos, bicicletas, camiones y otros carromatos. Bajo el asiento había sentido que las vías se multiplicaban o se dividían con cada golpe de agujas que sacudía los vagones. Esta vez también me había parecido que las ruedas discurrían por aquella trama de rieles guiadas sólo por un instinto que les había hecho llegar de forma inexorable al andén exacto y que el primer sorprendido había sido el propio maquinista.

Desde la fachada de la estación del Norte adornada con orlas de naranjas una diosa derramaba el cuerno de la abundancia sobre los adoquines. Bajo las claraboyas modernistas y el gran reloj de cobre me había apeado en compañía de otros viajeros derrengados, gente de los pueblos, agricultores con boina, viajantes de comercio, alcaldes y jefes del sindicato local, tratantes y mercaderes que se agitaban en el andén entre carretillas y mozos de cuerda buscando la salida a lo largo de un pasillo de individuos que voceaban nombres de fondas y pensiones alargando las tarjetas. Conmigo venían unos buhoneros; gracias al siete de copas me había tocado el bastón de caramelos que ellos habían rifado, pero yo no tenía a nadie a quien regalarlos ese día de San Donís al llegar a Valencia.

Toda la estación estaba tomada por la policía. Había caballos artillados pateando sus propias boñigas en el asfalto frente al cine Rex donde ponían La Reina Virgen, con Jean Simmons. Las sirenas de la policía que sonaban por todas partes yo no las asociaba entonces al terror sino a la fiesta, y más aún al comprobar que las campanas de la catedral también estaban sonando en honor a Franco. Ignoraba que ese día había tantos pasteles en las pastelerías como demócratas en la cárcel o guardados en las comisarías. Con motivo de la visita del Caudillo todos los sospechosos de ser desafectos al régimen habían sido rastrillados y puestos en el frigorífico por miedo a un atentado.

—La Marcelina servirá la paella en el acorazado —decía un señor con zapatos de dos tonos con rejilla sentado en la cafetería Balanzá.

—Franco se chupará los dedos —contestó un interlocutor de bigotito y gafas manoletinas.

—Y los americanos también. En cuanto ésos prueben una buena paella ya no se van de aquí.

—A mí me gusta más el arroz de La Pepica.

En Balanzá la gente hablaba de la comilona. Se supo que ese día, después de unas maniobras que habían sido contempladas por Franco desde el Azor en aguas de la Malvarrosa, una falúa se había acercado a la playa de Las Arenas para recoger la paella de cuarenta raciones que el restaurante La Marcelina había guisado en honor del jefe del Estado y de la VI Flota. Con letras rojas hechas con pimiento morrón, sobre el arroz, el pollo, el conejo y las verduras la cocinera había escrito: ¡Viva Franco! ¡Vivan los americanos! ¡Arriba España! Rápidamente, a pleno sol, la falúa llevó ese enorme medallón de arroz hasta la línea de flotación del acorazado y desde allí fue izado a bordo con unas poleas de salvamento por dos cadetes. Era la primera vez que Franco se veía la cara con un almirante de la U. S. Navy después del pacto de las Bases. Puede decirse que el Tratado de Amistad Hispano-Norteameri-

cana fue ratificado con una paella de La Marcelina frente a la Malvarrosa en el comedor de
oficiales del acorazado Coral Sea. El arroz había
pasado ante una formación de marines que en
cubierta estaba rindiendo homenaje a la bandera; había ido dejando un perfume exquisito
entre los cazabombarderos aparcados; después
de sortear toda clase de cañones, antenas, rada-
res y aparatos de control la paella llegó solem-
nemente al puente donde en ese momento se
celebraba un vino español con Franco y su corte militar y el almirante del acorazado, algunos oficiales y el embajador norteamericano
Cabbot Lodge cuya hija pronto sería Fallera.

Todas las pastelerías estaban llenas de
imágenes de Caudillo hechas con mazapanes
y confitados; todos los tejados de Valencia estaban llenos de policías grises con rifles y durante la tarde hubo aglomeraciones con voces
de «¡Franco! ¡Franco! ¡Franco!» por donde la
caravana de coches negros pasaba. El Caudillo
se hospedaba en Capitanía, en la plaza de Te-
tuán, donde el teniente general Ríos Capapé,
que hacía de virrey de Valencia, mandaba formar la guardia de prevención y presentar armas a su amiga Celia Gámez cuando entraba
en el cuartel, pero la zona ese día estaba llena
de controles que tuve que atravesar con la maleta en la mano para llegar al colegio mayor
Pío XII situado en la calle Alboraya, al otro
lado del río.

A la caída del sol, en la esquina de Ruzafa voceaban: «¡Jornada! ¡Ha salido Jornada! ¡El periódico de la tarde!» y frente a las
cafeterías de Lauria y Balanzá pasaban grupos de marines vestidos unos de blanco y
otros de azul camino del barrio chino. Los niños
les pedían chicles. Algunos marines guardaban cola frente al carrito de un viejo que vendía cucuruchos de cacahuetes. El viejo cobra-
ba una peseta a los indígenas y un duro a los
americanos; demostraba tener con los cacahuetes un sentido más patriótico que el que
Franco había tenido con las bases.

—¿Qué vale?

—Una peseta, chaval.

—How much?

—Un duro, míster.

Algunos años después me contaría el
arzobispo Olaechea que esa noche hubo otro
banquete en honor del Caudillo en una alquería por la parte de Godella. Estaban allí junto a
Franco todas las autoridades de Valencia con
chaquetas blancas, camisas azules y correajes,
infinidad de polainas y gorras de plato, trajes
de noche y una nube de guardias. En medio
del festín, en el instante en que se servía la pularda, hubo un apagón seguido del estruendo
de un panel que se había caído. Alguien gritó
que era un atentado. De pronto comenzó un
barullo. En la oscuridad el arzobispo Marcelino fue empujado hacia el suelo entre las patas

de la mesa con el solideo por un lado y el zapato con hebilla de plata por otro. Cuando vino la luz el arzobispo vio que uno de los guardias le tenía apuntada la sien con el cañón de la pistola.

—Usted perdone —dijo el gorila enfundando el arma—. Era por si las moscas.

Todas las mañanas a las nueve cruzaba el río por el puente de la Trinidad; me adentraba por la calle del Salvador; pasaba por delante del museo del Almudín; llegaba a la plaza de la Almoina; bordeando el palacio arzobispal junto a la catedral cruzaba la calle de la Paz hasta el hotel Inglés; entre la fachada del Marqués de Dos Aguas y la iglesia de San Juan de la Cruz por un callejón húmedo, de curvos paredones, alcanzaba la plazoleta de Rodrigo Botet en cuyo centro había una fuente con cisnes, aunque la gente siempre pensó que eran patos. Allí estaba la academia Castellano, un caserón casi en ruinas que a los pocos meses fue derribado para levantar el hotel Astoria. Ese camino diario que me llevaba a clase con los libros en la axila tenía un sonido, un aroma en cada tramo. En la calle del Salvador había un horno de cuya jamba colgaba una jaula con un loro. El panadero le enseñaba a hablar. Todas las mañanas a las nueve sorprendía a aquel hombre con el bigote empolvado de harina que le repetía al pajarraco: «¡Macho el Levante! ¡Macho el Levante! ¡Cabrón, dilo de una vez! ¡Macho el Levante!» Nunca oí que el loro contestara una palabra, pero el panadero insistía todos los días a la misma hora sin perder la esperanza de convertirlo en forofo de su equipo; un poco más allá, en la calle Escudillers, había un taquillón donde un viejo pintaba pájaros de madera y fabricaba molinillos con papel de colores junto a una droguería que echaba a la calle un rebufo muy ácido; allí la famosa envenenadora compró el matahormigas marca El Diluvio que le echaba al café con leche de la mujer de un carnicero. Algunas veces entraba en el Almudín para ver el dinosaurio y alguna momia: el polvillo en suspensión que doraba aquel recinto olía a ceniza húmeda; en cambio la puerta de la catedral a veces dejaba salir un canto de canónigos envuelto en un aroma de incienso y cera que llenaba toda la plaza de la Almoina. Por los ventanales de la planta baja del palacio arzobispal veía una gran sala repleta de curas que escribían a máquina y su tableteo me acompañaba en el cerebro hasta la calle de la Paz donde solía pararme a ver las trufas de la pastelería La Rosa de Jericó.

Durante el camino iba acompañado de voces, martillazos, chirridos de sierra, canciones de la radio, el estruendo que hacía el cierre de alguna tienda al levantarlo. Estos sonidos eran siempre los mismos. Se repetían dentro del hedor blando que emanaba de las alcantarillas hasta formar una sola sustancia. En aquella esquina de la calle de la Paz había siempre un autobús de Iberia y frente a Marqués de Dos Aguas estaba Chacalay, un bar de madera, de tipo inglés, que tenía una pequeña pista donde bailaban con un rocaful en la mano los señoritos valencianos. En la recogida plazoleta de los Patos sonaban los caños de la fuente. La academia Castellano la regía su propietario don José, un señor flaco, perfumado, que fumaba en boquilla y que arrastraba un poco la pierna. Allí enseñaba latín y griego un señor que se llamaba Tomata, a causa de su encendido color de cara. Y había otro profesor alto y pálido vestido siempre de gris con corbata negra que había sido bautizado por los alumnos con el nombre de El Tótem.

Los primeros días de mi estancia en Valencia solía merodear por los teatros y cines de la calle Ruzafa y muy pronto di con el City Bar, situado en el chaflán de la calle Játiva con pintor Ribera, frente a la plaza de toros. En la planta baja por la tarde allí se reunían ganaderos, labradores y carniceros en una especie de lonja de bestias que a veces se extendía también en la acera hasta el hotel Metropol. En muchas casas de la huerta se criaban uno o dos terneros con la vaca que tenían. Cuando el propietario quería venderlos acudía al City Bar. Se ponía de acuerdo con uno de aquellos ganaderos para que fuera a ver el animal a la huerta y a pie de establo se concertaba el precio. En la fecha convenida el propietario llevaba el ganado al matadero; lo pesaban; lo sacrificaban y el huertano se iba con el dinero en la faja. Era un bar que por las tardes rebosaba de tratantes de la carne y, la primera vez que pasé por allí con las manos en los bolsillos, por encima de las cabezas de los carniceros aparecía una pizarra colgada en la puerta donde estaban escritos con tiza los nombres de unas señoritas artistas que actuaban en el piso de arriba. Aquella vez se anunciaba a Rosita Amores, Maruja Pedrés y Angelita Corbi, la de los Pechos Eléctricos.

Sobre el paño de la escalera un cartel con una flecha decía: Subida al salón. Cuando atravesé la puerta del City Bar vi que conmigo también entraban dos curas con sotana, teja y manteo. Cruzaron toda la humareda y los corros de la abigarrada clientela que llenaba la cafetería y subieron al salón después de comprobar que abajo no había ninguna mesa vacía. El salón era amplio; por sus ventanales se veía la plaza de toros y la estación; tenía peluches corridos y veladores de mármol orientados hacia la pared del fondo donde se elevaba una tarima con un piano y unos atriles, que en ese momento estaban desiertos. Había allí una parroquia de ganaderos y huertanos que tocaban palmas de tango o daban con la garrota en el mármol esperando que empezara la función. Los curas se sentaron cerca del tablado. Pidieron un café con leche. Al poco rato aparecieron los músicos de la orquestina y atacaron el pasodoble Islas Canarias, cosa que no alertó a los curas, pero el pasodoble terminó y la llegada del camarero con el café con leche a su velador coincidió con la salida al tablado de Angelita Corbi, la de los Pechos Eléctricos cuya aparición fue acompañada por los alaridos de todo el gremio de huertanos que echaban la boina al aire.

Angelita no había divisado todavía a la pareja de curas entre el público aunque estaban sentados muy cerca del tingladillo. Para empezar realizó el número que la había hecho famosa. Los músicos ejecutaron un redoble de tambor como en el triple salto mortal del circo y la artista dio en seco varias sacudidas eléctricas al tronco hasta que uno de sus pechos saltó del sostén transformándose en una ráfaga casi invisible en el espacio y de pronto se lo volvió a meter en el caparazón bajo el acorde de la trompetería. Visto y no visto. Con esto aulló toda la parroquia y los curas se levantaron, derribaron la bandeja del camarero, salieron de estampida entre las mesas, uno de ellos perdió la teja, otro cayó al suelo entre las risas de todos los carniceros y Angelita Corbi desde el micrófono decía:

—No se vayan, por favor, no se vayan, que es de gomaespuma.

—Venga, saca la teta otra vez —gritaban muchos huertanos.

—Por favor, digan a esos curas que no se vayan, que es de gomaespuma.

Angelita Corbi comenzó a cantar ay barrio de Santa Cruz con su lunita plateada, pero los curas se esfumaron y después Rosita Amores cantó será una rosa será un clavel y los carniceros y labradores bajo esa melodía siguieron concertando compraventas de ganado. Esa tarde desde el ventanal del City Bar yo veía los carteles de lucha libre pegados en la pared de la plaza de toros. Stan Karoli, Cabeza de Hierro, Pizarro, Esparza, Lambán. El público coreaba las canciones. Obligaba a repetir los números una y otra vez, daba bastonazos en las mesas y estos mismos golpes con la garrota se repetían en la acera cuando pasaba una buena hembra por la calle. La acera del City Bar era un baremo del que las chicas de Valencia se servían para conocer el grado de su atracción sexual. Con la garrota en la mano allí estaba el tribunal que más entendía de terneras, ovejas, vacas y demás ganadería. Algunas chicas pasaban por allí sólo para quitarse la depresión. Se ponían zapatos de tacón alto, se ajustaban la falda y el jersey, tragaban saliva y pasaban por en medio de los corros de aquellos carniceros moviendo el culo. Según la fuerza de los bastonazos o la longitud de los aullidos que daban se establecía una marca. Si una mujer pasaba por ese cerrado sin escuchar una sola animalada podía considerarse muerta para el sexo. Muchas veces las chicas se desafiaban entre sí. Era lo más parecido a un concurso de ganado el que se establecía allí, un tribunal de carne femenina, en la acera del City Bar con un veredicto automático pero nadie recuerda un clamor semejante al que se produjo aquella tarde en que cruzó la vedette Gracia Imperio, camino del teatro Ruzafa donde actuaba en la revista de Colsada con Luis Cuenca y Pedrito Peña. Muchos carniceros la siguieron por la calle y ella iba dejando una estela de perfume, cubierta de oro y muy ceñida entró en la perfumería Azul, en frente de Gay, al lado de la Central del Fumador y la gente la esperó en la puerta. Esa tarde también yo fui detrás de Gracia Imperio. En realidad fui detrás de ella los años que viví en Valencia ya que esa mujer fue mi símbolo sexual perverso. Seguí su gloria en el teatro Ruzafa hasta que un día la estrella murió en brazos de su amante, un joven de la buena sociedad de Valencia, envenenados los dos por el escape de gas en su piso de la calle Cuenca. Cuando leí en el periódico la noticia de su muerte quedé aturdido. Se llamaba Emilia Argüelles Catalina; había nacido en Madrid en 1933; su madre se llamaba Tomasa, con la que se llevaba muy mal porque trataba de controlar su derroche de joyas, pieles, perfumes y jovencitos que fueron siempre su capricho y su perdición. Había quedado embarazada de un actor de fama. Su madre quiso hacerse cargo de la criatura pero ella abortó para seguir trabajando de primerísima vedette. La propia madre la denunció a la justicia y Gracia Imperio fue a la cárcel. Era la reina absoluta de la pasarela del teatro Ruzafa. A veces yo iba a la puerta trasera del teatro por donde salían las coristas junto al bar la Nueva Torera. Había allí muchos señoritos valencianos esperando. Ella salía como una diosa envuelta en oro con sus tacones de aguja, la falda ceñida, inmensa, muy alta. No supe su miseria hasta mucho después.

Cumpliendo las órdenes severas que mi progenitor me había dado, todos los viernes pasaba por debajo de aquel caimán del Patriarca para ir a confesarme con el padre España, director del colegio del Corpus Christi, un cura risueño, de pelo blanco, devoto del rapé. Su confesionario era el primero de la derecha, entrando en el templo por un zaguán donde el dragón reptaba por la pared sobre la pila del agua bendita. Dejando los libros de texto en el suelo me arrodillaba, y el padre España era de esos que se hacían un nudo con el pecador, te envolvía con los brazos y te daba suaves pescozones en las mejillas o las sobaba hasta que dulcemente vertías todas las miserias en su oído, pero no había nada en él que fuera baboso o turbio; estaba especializado en el apostolado con los jóvenes universitarios y su estrategia consistía en tratarlos a todos con admiración, de modo que su tacto parecía tan limpio como su risa. Una vez a la semana también iba a visitarle a su despacho. Cruzaba el claustro y por la escalinata del fondo que tenía un zócalo con azulejos del XVII subía a la galería superior y él me recibía en una habitación soleada. El colegio del Patriarca era un espacio donde la espiritualidad podía disolverse entre tablas de Van der Weyden, algún Caravaggio, óleos de Juan de Juanes, códices e incunables. Había una escolanía de niños cantores, el gregoriano allí era de buena calidad y el incienso tenía una finura tan delicada que al elevarse hacia la cúpula de linterna aún adquiría la esencia misma de la luz en los vitrales. El padre España abría una cajita de plata, se introducía una pizca de rapé en la nariz y luego me decía:

—Tu padre está fuera de este mundo. No le hagas caso. Tú debes servir a Cristo con alegría.

—Sí, sí.

—¿Ya tienes novia?

—No.

—En Valencia hay chicas muy guapas. ¿A qué esperas? Tienes que encontrar a una chica muy guapa que te lleve a Cristo. No hagas caso a tu padre, que es muy antiguo.

El colegio del Patriarca era uno de los espacios interiores que cultivé en aquellos años y su estética había comenzado a dorar mi alma, pero a los tres meses de llegar a Valencia la vieja gabarra de la academia Castellano fue derruida para levantar el hotel Astoria y el nuevo edificio ahora estaba en la calle Guillén de Castro, así que para ir a clase tenía que cruzar el barrio chino todas las mañanas. Al llegar a la plaza del Caudillo seguía hasta la Avenida del Oeste, y por detrás del mercado central me adentraba en un laberinto de callejuelas, Torno del Hospital, Vinatea, Poeta Llombart y otros nombres míticos en el camino de la perdición.

Las putas a esa hora del día todavía dormían, pero en la primavera algunas ya estaban sentadas al sol en la calle o en los balcones y entre ellas se peinaban o se despiojaban. Los viernes pasaba primero por la iglesia del Patriarca. Me imbuía de incienso y gregoriano, recibía unas caricias del confesor, sentía el silencio perenne del caimán en mi mente, respiraba el sonido del órgano sobre la lividez de unos cuadros del divino Morales y luego entraba en las podridas calles del barrio chino y me paraba ante el escaparate de una farmacia que había al lado del cine Palacio donde anunciaban gomas y lavativas, Cruz Verde y permanganato para las blenorragias. Las putas se paseaban en bata de felpa con las medias enrolladas en los tobillos arrastrando las chancletas. Eran las mismas que de noche se transformaban en seres de carne pintada. También a esa hora de la mañana los chulos dormían.

A medida que ese camino se hizo rutinario aquellos seres comenzaron a palpitar ante mis ojos. Cada mañana veía alguna escena cargada de ternura: un chulo muy famoso que se llamaba Mahoma llevaba un biberón de leche en la mano, una puta estaba amamantando a su hijo en la acera y le cantaba una canción de la Piquer, el ama de un burdel jugaba al tute con un viejo menestral sobre una caja de embalaje, frente a la casa de las Francesas unas niñas saltaban a la comba mientras su madre hacía punto y por todas partes se oían gritos de mujeres que se llamaban desde las ventanas con sus nombres del pueblo y no con el de guerra «¡Camila! ¡Leocadia! ¡Esperancita!» y aquellos tugurios que por la noche eran de rosa ahora tenían en la puerta un perro dormido y una puta que venía de la compra con una bolsa llena de nabos y coliflores. A esa misma hora, sin duda, era mucho más obsceno el mercado central. Allí se discutía el precio de la fruta como en los burdeles se regateaba el precio del amor.

Tardaría un tiempo todavía en visitar el barrio chino por la noche. Había empezado a conocerlo por el revés de su trama en la ruta diaria que me llevaba a clase, pero poco después comencé a realizar excursiones a la luz de la luna alrededor del mercado central y las sensaciones más fuertes que guardo de Valencia en los años cincuenta se derivan de aquellas correrías. Descubría los monos esculpidos en los capiteles de la Lonja; descifraba las escenas eróticas de la fachada gótica realizadas por los ángulos de sombra; me adentraba por las callejuelas que olían a flor de alcantarilla hasta el corazón del laberinto rosa donde había chulos muy pálidos jugando a los dados con la cara rajada. El barrio chino de Valencia no sabía a pescado podrido ni a detritus de puerto sino a flujo de cebolla que llegaba junto con el viento sur. En las escaleras de yeso pringoso de los prostíbulos no se veían marineros ni navegantes sino labradores salidos pero solventes, faunos del regadío que hacían cola sujetándose la brida del propio caballo con la mano en el bolsillo. Todo tenía mucho candor entonces. Sobre tapetes de cretona raída los chulos echaban un parchís con una leona muy maternal hasta la madrugada y los clientes que por allí se movían eran huertanos que tal vez acababan de descargar el carro de verduras en el mercado. Cuando alguna vez me sorprendió el alba en el barrio chino también veía que unas valencianas muy limpias, ensortijadas, con el delantal almidonado ordenaban ya las frutas y hortalizas en los mostradores, y la carga erótica me parecía irresistible al ver a aquellas mujeres tan saludables acariciando los rábanos, pepinos, peras, lechugas, plátanos cuando el primer sol iluminaba los vitrales modernistas del mercado.

Entonces aún me debatía entre la fe en Dios y el placer que me exigían los sentidos. Tenía 17 años. La residencia de Pío XII estaba en la calle de Alboraya junto al campo de fútbol del Vallejo donde jugaba el equipo del Levante. Desde mi habitación se veía la portería norte y gran parte de la tribuna. Por las mañanas oía las voces del entrenador, el silbato de la gimnasia, los golpes secos de los futbolistas con la pelota. También había aprendido a calibrar el valor de las ovaciones del público durante los partidos: el error del árbitro, el balón que pasaba rozando el larguero, el fallo del defensa, la agresión de un contrario, la internada del delantero, cada jugada tenía un registro propio en las gradas que iba desde el aullido oscuro de la frustración al grito vengativo de la fiera, desde el rumor de la tormenta que se avecina a la explosión abierta del gol de la victoria. ¿Qué habrá pasado? Nada, eso ha sido un córner, pensaba yo sin levantar la vista del libro de texto cuando estudiaba los domingos por la tarde. ¿Y ahora? Eso es penalti, sin duda alguna. El director de la residencia, don Santiago Martínez, era un cura moreno que gustaba mucho a las mujeres.

Enfrente había un colegio de niñas de falda tableada y jersey azul. La residencia estaba situada entre los jardines de Viveros y la estación del puente de madera de donde partían los trenes eléctricos hacia los pueblos de la huerta y a la playa de la Malvarrosa. La frontera del barrio la constituía el pretil del río. Más allá estaba el casco antiguo de la ciudad detrás de las torres de Serranos. Don Santiago Martínez gobernaba a una jauría de universitarios en aquella residencia. Tenía un carácter duro que no disimulaba el desprecio que sentía por los holgazanes o los tipos sin talento; en cambio solía ser simpático con los colegiales que él creía que pertenecían a la minoría selecta.

Aparte de dirigir la residencia, don Santiago se dedicaba al apostolado entre las familias de la burguesía valenciana. Era evidente que él se manejaba con mucha más soltura en medio de aquellos matrimonios ricos que se reunían los sábados en cenas con cubertería de plata que no lidiando con unos universitarios hirsutos que venían de los pueblos sin haber perdido en muchos casos el lastre de la agricultura.

En el comedor un día don Santiago me dijo sonriendo con cierta complicidad por encima del plato de judías:

—Me han hablado muy bien de ti.

—¿Sí? —pregunté no sin cierta tur-
bación.

—Una familia muy buena —añadió él.

—¿Quién?

—Me han dado muchos recuerdos. Y
no te digo más. Ella es una niña muy guapa.
Haríais una pareja excelente.

No me dijo más esta vez, pero a partir
de ese día siempre había en don Santiago una
sonrisa velada cuando nos cruzábamos por aquellos inmensos corredores o en el patio. Los jardines de Viveros se llenaban los domingos de chicas con trenzas y lazos. Allí la gente fina de
Valencia paseaba alrededor del único mono
que había en la jaula del zoo, aunque a mí me
gustaba más sentarme en el bar que había en la
plazoleta de la estación del puente de madera para ver pasar a la gente que llegaba de la
huerta. Las tablas del puente sonaban cuando por encima de ellas cruzaban las sucesivas
oleadas que iban dejando los trenes eléctricos.
Desde esa plazoleta de la estación también solía coger el tranvía de Patraix que tenía una
parada frente a la finca roja y después seguía
hasta el manicomio. Por ese tiempo en mi cabeza Dios había perdido ya su entidad palpi-
tante y comenzaba a ser una abstracción que
aún trataba de abrirse paso a través de la vo-
luptuosidad de los sentidos. En una pilastra de
la residencia estaba colgado el tablón de anun-
cios y en él cada semana aparecía la clasifica-

ción moral de todas las películas que esa semana se exhibían en Valencia. Como es lógico
siempre escogía las películas prohibidas y por
la tarde me iba al cine Jerusalem, al Ideal, al
Coliseum y a aquel cine Oriente donde había
aparecido la cabeza degollada de un hombre
detrás de la pantalla y que ahora se llamaba
San Carlos. Desde un profundo olor a cacahue-
te y bocadillo de tortilla que la gente devoraba
entonces, yo había entregado el corazón a Lau-
ren Bacall, Rita Hayworth, Marilyn Monroe,
Jean Simmons, Joan Crawford, y ellas consti-
tuían un solo conjunto de labios, ojos, piernas,
mejillas, senos, curvas del vientre, lenguas y
voces que era mi paisaje interior sobre el que
cabalgaba de noche, y aquel Dios que me había hecho llorar de terror en la adolescencia iba
quedando lejos.

Un día de primavera en el tablón de la
residencia apareció el anuncio de unos ejercicios espirituales que iba a dar el padre Llanos
en la casa de los jesuitas de Alacuás. Dudaba
esa tarde si ir al cine a ver por tercera vez la
película Ana, de Silvana Mangano. Así lo hice, pero al salir del cine, llevando todavía en
la cabeza la melodía sensual del baión unida a
los muslos de la protagonista en el pantano,
recordé la excursión al cabaret en el taxi de
Agapito y no sé por qué en ese momento decidí apuntarme a los ejercicios el padre Llanos
a quien nunca había oído nombrar.

Reinaba una primavera absoluta en Valencia. La casa de ejercicios de Alacuás estaba rodeada de naranjos con un azahar totalmente explosivo y además había rosas y jazmines en el jardín interior. Todo parecía preparado para que bajara otra vez al corazón un Dios sensitivo, perfumado. En medio del silencio de los pájaros que cantaban no recuerdo ningún rostro de cuantos allí había, sólo el rostro del padre Llanos, que era adusto y noble, y también la novedad de sus palabras. No siguió la pauta de los ejercicios de San Ignacio. No habló del hombre, de la muerte, del infierno ni del paraíso. Se limitó a explicar el evangelio como una fuente de justicia social.

Fueron tres días de meditación durante el tiempo de pasión y en el cerebro me reventaban todos los sexos femeninos junto con las flores abiertas del claustro. Otra vez Dios. Otra vez Dios ahora transformado en un obrero rebelde se interponía en mi camino. Los pobres esperaban su redención en la tierra y de aquella primavera junto con la salvación de los esclavos en medio de un jardín florido yo también recordaba las palabras de don Santiago: «Es una chica muy guapa, haríais una pareja excelente, no debes perderla.» ¿Quién sería ella? La complicidad de aquella sonrisa comenzó a marcar una nueva etapa de mi vida. En la ciudad había tal vez una niña que quería salvarme. Entonces pasó un tren, que me llevó muy lejos.

Entre los naranjos y jazmines de aquella primavera de pasión recordé un tren muy lejano que me llevó al seminario siendo yo un niño. Había tomado a las tres de la tarde ese borreguero en la estación de Nules el día último de septiembre y después de paradas interminables en cada estación había anochecido ya a la altura de Torreblanca. Aún conservaba el sonido de aquel pitido que desgarraba las tinieblas de la posguerra y las brasas encendidas que cruzaban la oscuridad de la ventanilla junto con la imagen del vagón abarrotado de estraperlistas, mujeres de negro con un pañuelo en la cabeza que dormían unas contra otras, gañanes hacinados en los pasillos o en la plataforma que iban a la vendimia. Dentro del olor a carbonilla un tipo tocaba un vals ratonero con el violín. Santa Magdalena de Pulpis. Benicarló. Vinaroz. San Carlos de la Rápita. Ulldecona. Mianes. Los nombres de las estaciones aparecían bajo la tenue claridad de unos faroles de carburo y yo iba al lado de mi padre en el asiento de madera hacia la luz de Cristo.

A medianoche llegué a Tortosa con un baúl y una caja de madera llena de viandas, botes de leche condensada, embutidos y pan blanco. Llevaba toda la ropa con las iniciales bordadas. Junto con otros compañeros que habían ido llenando aquel borreguero desde los pueblos del Maestrazgo un camión me transportó a la pedanía de Jesús. El canal del Ebro pasaba lamiendo la tapia de aquel caserón y en la puerta había un cura fornido que sonreía a los recién llegados. Era el prefecto, mosén Batiste. Durante los ejercicios espirituales entre naranjos y jazmines de aquella primavera valenciana aún recordaba sus ojos grises astillados en el cristal de sus gafas sin montura cuando se posaron sobre mi rostro con una mirada sostenida y enigmática mientras cruzaba aquel zaguán por primera vez.

Hasta este lugar me había conducido el deseo de agradar a mis padres, a mi tía Pura, al vicario mosén Javier. Ahora me sentía cobijado por sus sonrisas y sin yo pedirlo en casa me servían la mejor ración a mí el primero, tanto en la comida como en la cena. Tú no eres como los demás, Manuel, tú has nacido para salvar almas. Come, hijo, come. ¿Quieres una tarta de postre? Mi padre me miraba como la pieza que colmaba su plan en la vida. Si daba un hijo a la Iglesia él tendría el cielo asegurado y mientras ese tránsito no se produjera la felicidad en la tierra consistiría en poseer huertos florecientes en plena producción, distintas cosechas de navel, mandarina y verna pagadas a veinte duros la arroba, abonadas con la misa diaria y trabajadas por unos jornaleros muy fieles. El día de mañana, hijo, serás un santo, un gran misionero.

Aquel seminario menor lo dirigía un cura operario de Burriana, don Jeremías Melchor, de familia hacendada de naranjeros, y de los dos años que estuve bajo su imperio siendo yo un niño lo recordaba alto, autoritario, como la transmutación divina de mi padre. Yo estaba pendiente también de su sonrisa que él administraba con mucha medida. Era una de las nuevas formas de tortura. Yo dividía los días entre los que el rector me sonreía y los que me miraba adustamente analizándome de arriba abajo. ¿Qué habría hecho yo de malo esta vez? ¿Qué debería hacer para que aquellos ojos me miraran con complacencia? Las paredes de aquel caserón olían a manzana podrida. Rosa rosae. El fútbol en el patio. Los paseos las tardes del domingo a lo largo del canal del Ebro. Los cánticos de la escolanía a tres voces mixtas. La función de teatro infantil en la que hice el papel de Francisco Javier en El Divino Impaciente. Las amistades particulares. El director espiritual. Las flores a María. Dominus domini, de la segunda declinación. El equipo del Valencia: Eizaguirre, Álvaro, Juan Ramón. Bertolí, Iturraspe, Lelé... Tú no eres como los demás, Manuel, tú has nacido para bautizar infieles como san Francisco Javier. Y otra vez el tren borreguero de vuelta a casa de vacaciones. La sonrisa de mi padre. La mejor ración de carne en la comida. Tú has nacido, hijo mío, para cosas más altas.

Muchos años después don Jeremías vivía retirado en su finca de Burriana y yo le visitaba a veces cuando estaba ya dañado por una tenue esclerosis. Le servía una criada de Tales, una mujer adusta con algunas cerdas en las verrugas de la cara. Don Jeremías había hecho con parte de la finca una fundación para recoger en su residencia a curas viejos y sin familia. La otra parte de aquella propiedad la dejó en el testamento a la criada, unas veinte hanegadas de naranjos de gran calidad, pero tuvo la desgracia de que la criada muriera antes que él, de modo que los sobrinos de esta mujer convertidos en herederos naturales bajaron del pueblo de Tales y echaron a don Jeremías de su propia casa.

Los muslos de Silvana Mangano en el arrozal, Jesucristo héroe de un evangelio revolucionario según el padre Llanos entre los naranjos y jazmines, el pecho de la modista sangrando, la niña Marisa sentada en un sillón del balneario, el tren borreguero, la minoría selecta de Ortega y Gasset. Hay una familia que me ha dado recuerdos para ti —me había dicho don Santiago—. Ella es una chica muy guapa. Haríais una excelente pareja. Los zócalos de azulejos bajo el dragón del Patriarca y los cuadros de Caravaggio y del Divino Morales. El baión de la película Ana y el burdel de la Pilar. Los muslos de Silvana Mangano emergiendo otra vez del pantano de mi cerebro, ésta era la materia podrida de mi alma cuando yo tenía 17 años.

Todos los días para ir a la facultad atravesaba el puente de la Trinidad bajo cuyos arcos la homicida del cine Oriente había dejado el vientre de su amante descuartizado dentro de un saco y cuando el sol de la mañana henchía mi corazón, lo atravesaba cantando en voz alta una canción de mi adorado Lorencito González. Cabaretera, mi dulce arrabalera, te quiero en mi pobreza y nunca he de cambiar... pero a veces también entonaba Violetas Imperiales, de Luis Mariano, o las Hojas Muertas de Charles Trenet y antes de entrar a clase me tomaba un bocadillo de atún en el bar Los Canarios de la calle la Nave. Hablando de canarios: el rector de la Universidad José Corts Grau era tenue como un pajarito y explicaba Derecho Natural con una voz transida que le salía del último reducto de su alma. La primera lección que de él recibí venía a demostrar que en el fondo del cerebro humano, aunque se trate de un subnormal profundo, siempre hay un recóndito mecanismo que nos hace distinguir el bien y el mal, como se demostraba en el crimen que en tierras de Valencia mereció los honores del último garrote vil.

Al Semo se le había nublado el seso un día de primavera cuando los naranjos estaban en flor y olían las rosas en la veranda de la alquería. Iba con un mellado azadón al hombro y la chica estaba junto a la acequia. En la vieja cuestión que se llevaban entre ellos esta vez casi no mediaron palabras. El delito de sangre se realizó en un campo de berenjenas o de tomates o de patatas, eso no quedó claro en el sumario, pero es seguro que olía a azahar, las abejas libaban y las golondrinas ya habían llegado. Después de todo, la hija de los guardeses parecía una fruta y alrededor de ella también había cerezas, nísperos y albaricoques ya maduros. Vivía entre naranjos como una novia con el grado exacto de azúcar y aquel gañán de la finca colindante la tenía largamente observada. La había requerido sin éxito otras veces por medio de algunos gruñidos y el sujeto ya conocía de sobra los gestos de desprecio con que la chica solía obsequiarle, pero él la soñaba de noche desnuda volando por el cielo del desván en la casa de labranza donde dormía. No puede decirse que el gañán fuera un retrasado mental, sino un ser totalmente solar con el instinto a ras de la naturaleza. El abogado en el juicio no se acogió a este beneficio. Si se hubiera informado mejor habría sabido que hay gente rezagada en estado puro

que todavía no ha abandonado el paraíso te-
rrenal y que no distingue a una mujer de una
manzana. Con el cerebro nublado por la primavera el Semo realizó el crimen con la misma
mentalidad que él había usado siempre para
abrir una sandía en el mes de agosto bajo la
parra. Trató de comerse a la hija de los guardeses con idéntica ferocidad, no exenta de la
gracia animal con que hincaba el colmillo en
cualquier fruta de la huerta.

Después de la clase de Corts Grau a veces me tomaba un vino con aceitunas en la tasca Los Cerditos en la plaza del Patriarca o
iba con los compañeros a jugar al dominó al bar
Mundo en la calle Juan de Austria, aquel bar que
regentaba el delantero centro del Valencia.

—Algún día me gustaría escribir esa
historia —dije.

—¿Qué historia? —preguntó el compañero de partida.

—La de ese tipo que quería ir al cielo
sólo para comer paella todos los días.

Hasta ese momento había guardado
en secreto mi idea de ser escritor. El sentido
del ridículo me impedía pasar por fatuo. Pero
realmente esa aspiración no confesada era lo único que me sustentaba por dentro cuando ya
mi fe en Dios se iba esfumando y había que
ordenar el mundo bajo otra perspectiva. Me
excitaba aquella historia. La llevaba conmigo
a todas partes. Mientras me tomaba un bati-

do de vainilla sentado en la terraza de Barrachina o recorría el mercado central contemplando el impudor de las hermosas verduleras parapetadas detrás del esplendor de las hortalizas en los mostradores recreaba el crimen como un acto más de la agricultura.

El Semo iba con albarcas de caucho y una herramienta al hombro por una senda cuajada de amapolas abriéndose paso entre ramas floridas cuando vislumbró a la doncella junto a la acequia. Era la única hembra en el silencio de una legua a la redonda. Aquella tarde estaba sola en la alquería ya que sus padres habían bajado al pueblo y el rudo galán, que venía con la cabeza caliente, lo sabía. Primero él la abordó de buenas maneras. Se contuvo sonriendo con cuatro dientes sucios y a poca distancia, antes de que empezara el fregado, le dijo:

—Amelita, Amelita.

—Vete, Semo —exclamó la chica empezando ya a recular.

—Podrías tratarme mejor—suplicó el inminente asesino.

—Vete.

—Vas a perder esta vez.

Fue una violación corriente, seguida de muerte a hachazos, que se realizó en un marco muy risueño. El Semo le puso la zarpa en el cuello y aún gruñó su vulgar deseo con cierta timidez, pero Amelita se revolvió bruscamente y la lucha continuó sobre la hierba en una extensión de margaritas. Los dorados insectos celebraban mínimas cópulas de amor muy puro en los árboles. La luz de la tarde iluminaba la lucha de los cuerpos envueltos en voces de auxilio y blasfemias. La doncella logró zafarse: salió corriendo con la cara húmeda de lágrimas y saliva, pero el hombre primitivo la siguió hasta el campo de berenjenas o patatas y en la persecución ambos atravesaron un huerto de mandarinas y cuando el asesino y la víctima chocaron los dos iban cubiertos de pétalos de azahar como novios de una violentísima boda que se produjo al instante. El Semo con el puño abrió el vientre de la doncella para vaciar allí su instinto, aunque el dictamen del forense no pudo especificar si la muerte había llegado antes o después de la consumación. Realmente fue un acto unitario en el que la azada del asesino intervino trabajando el cuerpo de la muchacha como una parte más de la tierra y ella dejó de gritar al tercer golpe y su silencio fue sustituido por el sonido de los pájaros que se estaban refugiando para dormir en un limonero. El Semo arrojó el cuerpo de Amelita a la acequia en medio de la dulzura de la tarde y el cadáver comenzó a navegar agua abajo como una Ofelia valenciana coronada por una nube de mosquitos, pero antes el violador había tratado de cubrirlo de flores y una de ellas era la herida mortal, la más roja que se veía flotando. A veces las ramas de un sauce o las raíces del cañaveral detenían a la joven muerta y luego el cuerpo seguía camino por el agua con la cabellera mecida; algún remolino la hundía en la ciénaga y al poco tiempo volvía a emerger con los ojos abiertos a través del limo. El cuerpo quedó ya varado definitivamente en un recodo de la acequia, muy lejos del lugar de autos. A esa hora el asesino dormía en un jergón a plena conciencia y ni siquiera había desechado la herramienta del crimen.

El fiscal y el abogado de oficio durante el juicio se enredaron en la disputa de si ese hombre era o no imputable, debido a la debilidad mental que ostentaba. Por ese tiempo el profesor Ferrer Sama, catedrático de penal en la facultad de Valencia, había puesto de moda el término psicópata al defender al señorito Jarabo, que había asesinado a varias personas en Madrid. Ese concepto también se manejó en el juicio de este asesino de la huerta. A la mañana siguiente un regador descubrió el cadáver junto a una compuerta y el Semo fue el primero en dar la condolencia a los guardeses de la alquería vecina. También presenció el entierro desde lo alto de una pared e incluso lanzó algún gemido oligofrénico al ver el ataúd a hombros de cuatro jornaleros cruzando por una senda de naranjos.

En la clase de Derecho Natural el profesor Corts Grau se interrogaba a sí mismo en voz alta:

—¿Acaso un asesino que llora ante el cadáver de la víctima no reconoce ya su culpa? La sindéresis es el último reducto de la conciencia. Ahí anida la capacidad de discernir lo bueno y lo malo. Ésa es la fuente del remordimiento y, por tanto, de la responsabilidad.

Por su parte el asesino ni siquiera se emborrachó, ni manifestó ningún sentido de culpa, aparte de aquellas lágrimas que tal vez se debían a que había perdido el objeto de su deseo. Durante algunas semanas continuó con su trabajo. Regó tomates, plantó pimientos, quemó leña en el barranco, cosechó fresas, recolectó naranjas y si la investigación se alargó tanto no fue porque el asesino se enmascarara en absoluto. El primer día en que la guardia civil se acercó al chamizo de la casa de labranza donde vivía, el hombre cantó de plano sin interrogatorio, dentro de una conversación rutinaria, como si se hablara de melones.

—Hemos venido a verte —dijo uno de los civiles.

—Sé lo que quieren —contestó el Semo.

—¿Tienes algo que contarnos?

—Que he sido yo.

—¿Cómo fue?

—Amelita me gustaba. La chica ya estaba buena. ¿Por qué no tenía yo que comérmela? ¿Me lo pueden decir?

En el filo mellado de la azada aún había sangre seca y muchos cabellos rubios pegados en un engrudo de barro. El asesino ofreció unos melocotones a los guardias y les dijo que si un día volvían por allí les haría una paella con pollastre. Eso era lo que más le gustaba del mundo. La paella le gustaba mucho más que las mujeres, e incluso más que Amelita. Por eso se llevó una sorpresa al verse esposado de repente. No acababa de entender el asunto. Mientras era conducido a pie al cuartelillo entre naranjos el preso explicó a sus nuevos amigos la situación, que no dejaba de tener cierta lógica. Resulta que en toda su vida ni había abandonado la huerta ni había probado a una mujer y él conocía a Amelita desde niña, había seguido de cerca su proceso de maduración, había contemplado cómo se le iban hinchando los senos cada año, había analizado la forma en que su grupa día a día se partía. Aquella tarde Amelita estaba sola en una legua a la redonda. Llega un momento en que a la fruta hay que comérsela, de lo contrario se pudre. Al convicto y confeso asesino una ligera oligofrenia le había ablandado el cerebro, pero en cosas de agricultura tenía criterio. En medio de semejantes bienes de la naturaleza nadie le había mencionado nunca el nombre de Dios.

Puesto que el caso estaba claro y las piezas de convicción eran evidentes, debido igualmente a que el Semo no tenía familia ni amigo alguno y que el defensor de oficio sólo realizó una faena de aliño para cubrir las apariencias, el proceso de este galán de la huerta siguió curso con rapidez y de los pliegos de cargo salió el resultado que esperan todos los padres que tienen hijas. A este reo con boina lo juzgaron en la Audiencia de Valencia y el tribunal lo condenó a muerte. Se interpuso recurso reglamentario al Supremo, que confirmó la sentencia. Quiere decirse que el sujeto en cuestión, analfabeto, con síntomas de oligofrenia, un tipo solar, instintivo y sin sentido de la culpa, en menos de un año ya estaba preparado para el descabello. Iban a darle garrote.

En el aula grande de Derecho, al fondo a la izquierda del claustro, el rector Corts Grau dejaba oír su voz transida en medio de un ganado que olía a sudor de primavera. Algunos alumnos habíamos asistido a aquel juicio en la Audiencia, a unos pasos de la facultad. Yo había visto la espalda de aquel asesino robusto, sentado en el banquillo con la camisa blanca y el cráneo rapado, pero no logré divisar su rostro: sólo la nuca maciza estaba presente y durante mucho tiempo no pude olvidarla sabiendo que por allí había entrado la puntilla del verdugo buscando la culpa para neutralizarla definitivamente. El rector Corts Grau quería demostrar que aquel asesino sabía distinguir entre el bien y el mal, y que dentro del bien era capaz de graduar diversos estadios. Como lección del día el profesor de

Derecho Natural nos explicó con voz de pajarito lo que había sucedido aquella madrugada en el penal de San Miguel.

Todo el problema era que el condenado a muerte no quería confesarse. Habían traído para el caso a un capuchino especialista, ya que el capellán de la cárcel llevaba trabajando al reo varios días sin resultado alguno. El fraile le hablaba del cielo y del infierno. Nunca en su vida el condenado había oído mentar esas cosas y tampoco a Dios. Por mucho que el confesor con palabras amorosas le dijera que la Virgen de la Merced era la madre que él nunca había tenido y que le esperaba en el cielo donde vería a Dios durante toda la eternidad el corazón del penado no se conmovía. ¿Qué significaba eso de ver a Dios? Nada. Tampoco le importaba arder en el fuego del infierno y acabar para siempre. No comprendía cómo podía quemarse sin consumirse nunca. Eso no pasaba con la leña. El capuchino trató de explorarle la memoria de la infancia por ver si le arrancaba algunos deleites pasados que pudiera asimilar a la nostalgia del paraíso. Esa salida también estaba cerrada. El asesino no tenía ningún residuo feliz al que agarrarse. Fuera de la celda donde el fraile de la barba trataba en ese instante de convencer al Semo de que confesara sus pecados, en el pasillo a la luz de una bombilla el director de la prisión, el fiscal, un par de funcionarios y algunos testigos de la ejecución no paraban de hablar de comidas. Eso inspiró al capuchino. Con objeto de ablandar el corazón del condenado el fraile le dijo que si se arrepentía de haber matado a Amelita iría al cielo, donde ella le estaba esperando para hacerle una paella. Con semejante promesa algo muy profundo se removió en el cerebro del Semo. Sus ojos se hicieron humanos, sus mejillas se ablandaron y por ellas bajó una lágrima hasta la mandíbula. A partir de ese momento el penado se avino a cualquier deseo del capuchino. Se arrodilló para pedir perdón a Dios y a Amelita, recibió la absolución sobre su cabeza rapada y entonces el director de la cárcel hizo una seña. El acta ya estaba firmada, se miraron todos con terror en el sótano y partió la comitiva hacia el patio llevando al reo por los codos, aunque él por sí mismo caminaba pastueño y era el único que sonreía. Cuando franquearon el último rastrillo la luz gloriosa del amanecer valenciano le dio en la cara al verdugo que iba delante. Al Semo lo sentaron en un taburete con el tronco bien erecto pegado al palo, pero antes de que el verdugo le pasara la argolla por el cuello, el condenado llamó al fraile capuchino en voz alta:

—¡Eh, tú, el de la barba!

—¿Es a mí? —preguntó el confesor desde una esquina del patio.

—Acércate.

—Dime, hijo. ¿Qué quieres?

—¿Seguro que no me has engañado?

—No, hijo mío. Pídele perdón a Dios.

—Júrame que en el cielo dan paella.

—La dan. Te lo juro.

—¿Todos los días?

—Sí, sí.

—¿Paella con pollastre y conejo?

—Con todo.

—Bueno, entonces ya pueden matarme.

—Ego te absolvo... —murmuró el capuchino.

—Pero una cosa te digo. Si me engañas me las vas a pagar —añadió el condenado un segundo antes de ser desnucado.

El profesor Corts Grau quería que los alumnos se percataran de los intrincados caminos del cerebro humano. ¿Qué es el cielo? ¿Qué es el bien? ¿Cuál es el último motor de las acciones del hombre? Un ser degenerado por naturaleza tiene capacidad para discernir aunque de forma muy oscura la diferencia entre comer paella o no comerla: ante ese dilema arriesga la eternidad. A mí me parecía que era un tema para escribir un relato. La taberna Casa Pedro había instituido un premio de novela corta y esa historia atravesaba entonces todos mis sueños.

Había varios estratos de olores en la calle del Salvador, olía a tahona, a droguería, a moho en los muros de la iglesia de los Trinitarios, a carbonería, a vaho de medicamento que salía de una farmacia, a salazones, y a través de ellos iba cada mañana camino de la facultad hasta la calle de la Nave con los libros de texto bajo el brazo. Todos los olores del itinerario cambiaban de matiz a lo largo del año. Tenían variaciones muy sutiles hasta que todo se convertía en una amalgama podrida cuando llegaba el calor. Solía ir cantando entre dientes y veía al panadero, al dinosaurio del Almudín, a los canónigos de la catedral, al autobús de Iberia que llevaba pasajeros al aeropuerto de Manises, al dragón del Patriarca y según la moda del momento cambiaba de melodías, unas veces cantaba a Machín, mira que eres linda, a Lorencito González, la niña de Puerto Rico por quien suspira, a Jorge Sepúlveda, mirando al mar soñé, a Bonet San Pedro, carpintero, carpintero, pero yo era un moderno y comenzaba a imitar a Renato Carossone, la donna rica, y Maruzzella, y también las canciones de Charles Trenet. Rodaba el tiempo por el puente de la Trinidad.

Las caras nuevas en la facultad a primeros de octubre bajo la boina renacentista de Luis Vives en el pedestal del claustro. Los primeros paseos de los domingos por la tarde desde Correos por la acera de la plaza del Caudillo y de San Vicente hasta la esquina de la calle la Paz. Había una línea divisoria que nunca transgredían las chicas de servicio. Ellas paseaban por Calvo Sotelo y nunca pasaban de la cafetería Lauria hasta donde llegaban los señoritos. Algunas veces con los amigos entraba en ese territorio. Esas maravillosas criaturas que los señoritos llamaban churras eran muy esquivas. Cuando algún joven de la otra acera las requería, ellas se cerraban en círculo, apretaban el morro, ponían el ceño de cemento y se convertían en un bloque impenetrable. El paseo de los domingos por la acera de la plaza del Caudillo era una exposición de las chicas de la clase media valenciana. Allí no se veían las niñas de sociedad. ¿Dónde estaría Marisa en aquella ciudad huertana de los años cincuenta perdida?

Durante el paseo del domingo por la tarde a veces solía tomar un batido en la cafetería Monterrey, el lugar de moda entonces; me sentía un dios con el cigarrillo Pall Mall en la mano y la gabardina de canutillo mirando desde el taburete de la barra a las chicas que entraban con aquellas faldas tubulares. Yo trataba de explorar los caminos de Marisa en la ciudad; mientras tanto iba también al bar Los Faroles, detrás del Apolo, por Juan de Austria, donde había putas muy maternales.

El griterío del colegio de las niñas de falda tableada frente a la residencia, el sol de otoño en los jardines de Viveros, el flexo sobre el texto de Derecho Romano, el mismo flexo que ahora iluminaba las páginas abiertas del Civil de Castán, el flexo roto en la habitación de la residencia que aún dejaba bajo su cono de luz la sociedad anónima de Derecho Mercantil, un año detrás de otro año en aquella habitación que daba al campo de Vallejo donde jugaba el Levante. La feria de diciembre en la Alameda. Sonaba la melodía Corazón de Violín dentro del aroma de almendra garrapiñada y el estruendo de las sirenas y los cochecitos de choque se unían a la canción ay Lilí, ay Lilí, ay Lo... y un vientecillo húmedo discurría por el cauce seco del Turia, levantaba los papeles, se llevaba la música junto con los gritos de los feriantes.

Por ese tiempo se establecía una batalla campal en la facultad de Derecho para adelantar las vacaciones de Navidad. Unos días antes del 8 de diciembre, fiesta de la Inmaculada, algunos grupos comenzaban a tirar tomates y paquetes de talco a los catedráticos que se negaban a cerrar las clases. Era el rito del solsticio de invierno. La política estaba prohibida. A Valencia apenas llegaban noticias de las luchas estudiantiles que en ese momento libraban en Madrid los universitarios más concienciados. En la revuelta de 1956 en Valencia no se movió nadie. Desde Madrid mandaron una gallina viva certificada por correo para demostrar que éramos unos cobardes y eso se comentaba en el bar Los Canarios sin demasiado interés mientras todo el mundo tomaba bocadillos de atún. Yo carecía de conciencia política. Franco para mí no era un dictador sino un gordito anodino al que parecían gustarle mucho los pasteles, con aquellas mejillas tan blandas, el bigotito, la barriguita bajo el cincho, las polainas de gallo con la voz meliflua, el gorro cuartelero, la borlita bailando en la frente. Por otra parte yo tenía buen corazón. Toda la revolución social a la que aspiraba se resumía en el placer de ayudar a un ciego a cruzar la calle, a dar limosna a cualquier pobre que me la pidiera, a desear que hubiera justicia para todo el mundo sin saber cómo lograrlo más allá de la natural ternura.

Por la Navidad volvía de vacaciones a Vilavella. Ese año Vicentico Bola se había comprado una vespa. Con ella el gordinflón hacía correrías por los prostíbulos de la comarca, a casa la Tanque en la Ronda de Burriana, al Pont de Sagunto, a casa la Pilar en Castellón.

Vicentico Bola también solía visitar en el barrio chino de Valencia a Madame Doloretes en las Puertas de Hierro y a Carmen Guardia en el paseo de Jacinto Benavente. La vespa de Bola era ya famosa cuando llegué de vacaciones al pueblo. La gente quedaba pasmada viendo pasar aquella inmensa mole de carne a toda velocidad sobre una lata. Todos compadecían a la moto pero ella no iba nunca a sitios que no fueran de placer. En todos los burdeles la conocían. Como los caballos que sienten las intenciones del amo la vespa había desarrollado un instinto: sabía ir sola de putas y también podía regresar a casa llevando encima a Bola dormido. El pueblo había quedado vacío aquella mañana. Los hombres estaban recogiendo la naranja en el campo. Vicentico Bola me vio en el ventanal del bar Nacional y se detuvo para enseñarme la moto. Me dejó que diera una vuelta por la plaza. Después me dijo:

—¿A que no sabes quién ha llegado?

—Quién.

—La rata Marieta.

—Ah.

—Me ha parado en la carretera de Vall de Uxo y me ha dicho: «Eh, tú, di a los amigos que ya estoy aquí. Esta vez traigo nuevos precios. Un cuarto de hora, tres duros. Si me traes una pandilla, para ti gratis. Ya lo sabes».

La rata Marieta era una joven mendiga trashumante que se establecía a veces por las cercanías bajo un puente o en alguna caseta abandonada entre naranjos y a su reclamo acudían algunos desesperados que pagaban unas monedas para que les hiciera soñar un poco. La rata Marieta permanecía hasta agotar el filón. Recaudaba sesenta duros y alguna paliza. Después desaparecía una temporada. Pasados los Reyes yo volvía a Valencia. Allí me encontraba de nuevo con el olor a café torrefacto de algunas calles, las campanas de los tranvías y la humedad de la residencia, las carteleras de los cines, los muslos gigantes de las vedettes en los teatros de revista, Gracia Imperio, Carmen de Lirio, Virginia de Matos y también los billares Colón y la puerta trasera del Ruzafa, junto al bar La Nueva Torera, por donde entraban y salían las coristas. En la residencia vivía José Iborra, un intelectual muy inteligente que siempre estaba resfriado. Uno de aquellos días de enero Iborra me prometió que una noche me llevaría a la tertulia que Vicente Ventura tenía en el Kansas, un café antiguo situado en la esquina de la plaza de la Reina con la calle la Paz. Allí este periodista combativo que escribía en el diario Jornada daba lecciones de rebeldía en el ángulo de un peluche ante un aguardiente. Iborra me insinuó que a través de él podría entrar en contacto con el grupo de Joan Fuster, que en ese momento estaba fraguando la conciencia política del país valenciano. Ya que la cita era nocturna y habíamos pedido permiso oficial a don Santiago para salir de la residencia tomé aquella descubierta como un acto de iniciación. Acudí a la cita con una emoción juvenil dándome aires de intelectual. El periodista estaba sentado en la cabecera del cotarro. No era muy alto, pero sí macizo, con bigote de foca, con un tic en el ojo al que acompañaba con un ligero gruñido. Fui presentado. Me senté en una esquina sin lograr que me mirara ni una sola vez y en seguida supe que Vicente Ventura imponía allí su criterio. Hablaba a borbotones y con ironía iba derruyendo cosas que entonces parecían sagradas, el gobernador Posada Cacho, la crueldad del jefe de la policía un tal Cano o los métodos de la censura. No conseguí que me dedicara una sola palabra aquella noche; aun así me sentía orgulloso de haberlo conocido porque fue el primer personaje al que oí en público atacar al régimen de Franco sin estar borracho. A Vicente Ventura lo vería después en algunas tertulias de teatro en Casa Pedro, la taberna literaria que estaba en la plaza del Picadero de Dos Aguas, detrás del palacio, en el húmedo callejón que iba a la plaza de las Patas.

A través de la ciudad y los días yo entonces buscaba a Marisa. ¿Por dónde andaría al atardecer aquella niña de ojos verdes plateados? En la salida de misa los domingos a las doce en la catedral o en la capilla de los

Desamparados, en la iglesia de la burguesía San Juan y San Vicente, en los Dominicos de la calle Cirilo Amorós. Se extasiaba a esa hora bajo el sol de enero un aroma de lavanda y rebecas de angorina y abrigos de astracán y trajes gris marengo a la salida de misa de doce y seguían los aperitivos en las terrazas de la Gran Vía bajo los plátanos desnudos en los soleados domingos de enero y yo buscaba a Marisa en aquel laberinto y no olvidaba que un día ella se acercó al piano en el balneario cuando yo tocaba la melodía: siempre está en mi corazón el hechizo de tu amor. Marisa había pasado la hoja de la partitura con timidez alejándose después sin decirme nada. Tal vez los domingos por la tarde iría a bailar a Chacalay con algún señorito o se tomaría media combinación en el Lara, una sala de fiestas donde iba también gente con clase. No, no, pensaba yo, eso era imposible. Marisa no tenía todavía 16 años. Sin duda los domingos por la tarde iría al cine con sus amigas, al Rialto, al Capitol, al Olimpia o tal vez al cine San Vicente, donde ponían siempre películas toleradas, o estaría en la tómbola de arzobispo Marcelino en la plaza de la Reina o en alguna fiesta de su colegio del Pilar o de Jesús y María o del Domus. Un día de septiembre, después de los aguaceros, su familia había dejado el balneario para regresar a Valencia sin que entre nosotros hubiera algo que no fueran sólo unas miradas intensas con alguna media sonrisa insinuada. Me había propuesto encontrar a esa niña en la ciudad.

En enero había días de un sol muy dormido. En mitad de los exámenes parciales brotaban las gemas de los plátanos de la Alameda y el sonido del tranvía de circunvalación que pasaba junto al otro pretil del río era más nítido cuando soplaba el mistral. Las tardes se cerraban muy lívidas sobre el campo del Vallejo, que era el horizonte de mis lecturas, y a la hora del paseo en la calle Ruzafa con el estruendo de los estorninos que entre dos luces buscaban refugio en los árboles de la plaza se oían gritos de vendedores del periódico Jornada y soltaba chispas verdes el neón de la reciente cafetería Hungaria y al lado también se acababa de levantar el cine Lys. Yo entonces tomaba yogur batido y fumaba Pall Mall y con sólo este rito me creía un tigre; no estaba interesado en absoluto en llegar a ser algo más. El director de la residencia me decía: cualquier universitario que se precie tiene la obligación de aspirar a ser ministro; en cambio yo sólo quería encontrar a Marisa en una de las calles de Valencia y seguir devorando más libros de Albert Camus, al que acababa de descubrir en la trastienda prohibida de la librería Rigal. Imaginaba a Marisa de verano, con la trenza de oro y los hoyuelos en el codo, vestida con una tela de flores y un lazo en la espalda y las sandalias blancas, las pecas de las mejillas que el sol de agosto ponía muy cobrizas. Ahora iría con abrigo o de uniforme azul de colegiala. ¿Cómo podría reconocerla si no estaba sentada en un sillón de mimbre blanco con su piel tostada bajo un toldo tomando un refresco?

Entre naranjos en flor el padre Llanos me había inoculado un Cristo revolucionario. En el Olimpia acababan de poner una película que había conmovido mi corazón de adalid. Trataba de curas obreros y había salido del cine muy inflamado. Leía a Bernanos. En el teatro Eslava había visto Diálogo de Carmelitas. También leía a Leon Bloy y Romano Guardini. Pero en una capa inferior del cerebro palpitando llevaba siempre la imagen de Marisa y con ella el nuevo descubrimiento de la inocencia sin Dios, el sentido de la dicha como una forma de moral. Me gustaba sorprender ese instante en que el trajín del mercado central se confundía con el trasiego del barrio chino. Sucedía antes del amanecer. Los carromatos cargados de frutas y hortalizas confluían con los últimos faunos huertanos que abandonaban el laberinto de calles malditas, Torno del Hospital, Maldonado, Vinatea, Carniceros, Poeta Llombart, y ese mundo era para mí la naturaleza a la que yo asistía como un observador sin que una de aquellas mujeres me hubiera abrazado todavía.

Entre el incienso del Patriarca tan fino ascendiendo por las tablas de Juan de Juanes y la rotonda superior de Barrachina llena de prostitutas sentadas yo me movía en esa primavera. El olor a rapé y las caricias de la confesión con el padre España en la mejilla se confundían con el hedor de los bocadillos de longaniza que subía de la plancha de la cafetería. Aquella chica una tarde me hizo un guiño invitándome a que me sentara a su mesa. Accedí lleno de timidez. Me pidió que le pagara el café con leche. Era una chica lozana. Vestía discretamente. Sonriendo me dijo:

—Tú me recuerdas a alguien. Por eso te he llamado.

—¿Ah, sí?

—¿No te gusta la lucha libre?

—No sé. Nunca he ido a la lucha libre —le contesté.

—Si quieres un día te llevaré a un combate. ¿Cómo te llamas?

—Manuel.

—Ah, claro. Tenía que ser.

—¿Y tú?

—China. Me conocen por la China.

—Tienes ojos de china ¿es por eso?

—Sí, sí. ¿De verdad que nunca has visto un combate de lucha libre?

—Sólo los carteles —le dije.

Había sido una extraña forma de conectar con aquella mujer. Por primera vez me sentía relajado en el ambiente turbio que había en aquel altillo de mármol. Por otra parte la chica no parecía querer otra cosa que charlar un poco conmigo. Según me dijo yo le recordaba a un amigo que había muerto en accidente de coche y al verme subir por la escalera le había dado un vuelco el corazón. Su amigo también tenía mi mismo nombre, los ojos claros, la forma de la boca, la manera de andar. Todo era idéntico, decía ella.

—Estoy sentada aquí todas las tardes —añadió.

—¿Te dedicas a eso, ...como las otras que hay aquí? —le pregunté balbuciendo.

—Bueno, sí.

—Claro —murmuré.

—Estoy todas las tardes sentada esperando que vuelva del otro mundo. Mientras tanto me gano la vida. Ahora ya sabes que todas las tardes de seis a nueve estoy aquí. ¿Por qué no vienes a verme?

A partir de esa primavera la China fue otro circuito que se había añadido a mi cerebro. El incienso del Patriarca. La búsqueda de Marisa. Las lecturas de Camus. El azahar de aquel Jesucristo revolucionario. El Derecho Civil de Castán. El sonido de los tranvías. El olor dulzón de las alcantarillas junto a las vaharadas de café torrefacto. Las coristas del Ruzafa que salían por la puerta de artistas. El rapé del padre España.

Ya habían pasado las fallas. Tal vez ese año al parador del Foc o del So Nelo había venido a cantar Renato Carossone o Marino Marino o Sacha Distel o Lorencito González o Luis Mariano o las Hermanas Benítez o Xavier Cugat y Abee Lane. En fallas los señoritos valencianos se iban a Andorra a comprar duralex. Me había equipado ese año para fallas con una chaqueta azul con botones de ancla plateados y unos pantalones de franela gris perla y además había tenido un pase para el So Nelo, una lujosa carpa que montaban junto al convento de Jerusalem llena de lámparas de mil lágrimas y tapices, y allí había llevado a bailar a alguna amiga de Filosofía y Letras o a cualquier colegiala y, mientras Renato Carossone cantaba Maruzzela, Maruzzela, sin duda, yo le había hablado de la Rebelión de las Masas de Ortega y Gasset y ella me había puesto el codo en el esternón para que no me acercara.

Por ese tiempo realizaba los esfuerzos necesarios para pertenecer a la minoría selecta: hacía gimnasia, me duchaba y afeitaba todos los días, me lavaba los dientes después de

comer, tocaba en la armónica Hönner canciones de Baviera, usaba jabón Heno de Pravia,
había comenzado a embriagarme con El Inmoralista de Gide, jugaba al fútbol en el campo
del Levante, me fascinaba el mundo de la
prostitución, pero tenía el orgullo de no haber
caído todavía en brazos de una de esas mujeres
impuras. A mí me regeneraba siempre el pensamiento de Marisa y, aunque no la había visto en mucho tiempo, todo cuanto hacía estaba
referido a ella. Sabía que en los Alpes entre la
nieve crecía la flor del Edelweiss que su pasión
me requería. Tenía que subir a esa cumbre para arrancarla, aunque la escalada debía reali-
zarla por dentro de mí mismo y para eso hacía
gimnasia y en las tardes lívidas de la residencia a veces meditaba en la forma de cons-
truirme espiritualmente: recordaba mi infancia entre naranjos y limoneros, las bombas
olvidadas en el monte que estallaban entre la
maleza, los balnearios derruidos en la posguerra, el uso de razón bajo la autoridad de mi padre, la libertad que conquistaba todos los días
al traspasar la puerta de casa para perderme en
el campo, los primeros cursos de humanidades con los curas, el trauma familiar cuando
los curas me expulsaron, el despertar del sexo
bajo el algarrobo centenario mientras la banda
de música ensayaba un fragmento de La Boda
de Luis Alonso. El rigor de mi padre me había
convertido en un ser muy inseguro. Esta neu-

rosis se había acrecentado bajo el caparazón de todas las amenazas morales que me habían impuesto los curas, pero de aquellos años de internado, dentro de la putrefacción, aún conservaba un poso muy dulce, el cántico de vísperas en la niñez, las flores a María, las voces de los ángeles en una partitura de Palestrina cuando yo era uno de esos ángeles que cantaban en la escolanía, la emoción mística de sentirme elegido para salvar al mundo. Habían pasado años de todo aquello. Ahora yo sólo quería ser guapo, atlético, sano, inteligente, tomar yogur batido, fumar Pall Mall lentamente, leer a Camus, a Gide, a Sartre y que toda la circulación de mi sangre se confundiera con la imagen de Marisa, la niña de la trenza de oro y los ojos verdes.

Habían pasado las fallas. Durante las vacaciones de Semana Santa en el pueblo sólo se hablaba de naranjas. Todo el misterio de la pasión tenía como fundamento la venta de la cosecha de verna, de modo que Cristo resucitaba con más o menos gloria según los precios llegaban o no a veinte duros la arroba. La espiritualidad era el azahar, un perfume que hacía que te levantaras con dolor de cabeza, y dentro de esa atmósfera también leía los libros de Ortega y Unamuno en la colección Austral. Al regresar a Valencia con la primavera cuajada ya fermentaba todo el asfalto y las chicas sólo esperaban que llegara el segundo domingo de

mayo, fiesta de la Virgen de los Desamparados, para quitarse oficialmente la rebeca y quedar en manga corta con los senos apuntados.
Algunos tranvías comenzaban a arrastrar la
jardinera. Llegaba la feria de muestras. Venía
el ministro de comercio a inaugurarla y entonces había que encerrarse a preparar los exámenes. Alguna gente iba ya a la playa o a la piscina de las Arenas. Fue por ese tiempo cuando la
vi después de un año de buscarla. El tranvía de
la Malvarrosa era azul y amarillo. En ese momento pasaba por la Glorieta y yo salía de la
Audiencia donde me había citado el fiscal
Chamorro para contarme los detalles de la ejecución a garrote vil de la envenenadora, acto
que él acababa de presenciar. En la jardinera
del tranvía de la Malvarrosa iba Marisa sentada y aunque la visión fue muy fugaz supuse
que me había mirado. Iba vestida de rosa y llevaba una bolsa de tela blanca que tal vez contenía la toalla y el bañador. Corrí con todas
mis fuerzas pero el tranvía al pasar la curva había cogido velocidad y me fue imposible subir
a la plataforma. Me senté en un banco del parterre junto a la estatua de Jaime el Conquistador turbado todavía por el impulso que había tenido de perseguir a esa niña con toda mi
furia. ¿Qué le habría dicho si la hubiera alcanzado? ¿Por qué ella si me había visto se había
alejado sin volver el rostro? Seguramente Marisa iría a la Malvarrosa a bañarse.

Eran ya las tardes almibaradas, los crepúsculos llenos de murciélagos, las noches con el flexo abierto sobre los apuntes de Derecho, la tentación de la piscina de Las Arenas en la playa, las excursiones al monte Garbí con las universitarias de Acción Católica que llevaban muslitos de pollo envueltos en papel de plata y faldas de flores y sus pantorrillas arañadas por las aliagas y el espliego. Yo no creía en Dios, pero lo necesitaba todavía. Desde la terraza de la residencia, próximo ya el verano, durante los exámenes se veían fuegos artificiales de noche en los pueblos de la huerta. Sonaban los grillos. Tumbados boca arriba cantábamos a dúo: sola, sola se queda Fonseca y también soto il ponte, soto il ponte di Rialto y yo tocaba con la armónica otras canciones de enamorados que me inflamaban los labios y el corazón bajo las estrellas empastadas.

En la Glorieta cogía el tranvía azul y amarillo con jardinera que iba a la Malvarrosa. Primero seguía junto al pretil del río, después enfilaba la avenida del puerto. Me apeaba en la parada frente al merendero de la Marcelina, al lado del establecimiento de baños Las Arenas que tenía forma de Partenón de escayola pintado de azulete. Allí había una piscina en forma de ele con un gran solario para hombres y mujeres separado por una tapia. En el trampolín de tres niveles se establecía una competición de musculaturas y posturitas de jóvenes con el bañador de cordoncillo y las chicas que llevaban traje de baño con hombreras miraban la exhibición bajo aquella luz de la Malvarrosa que estallaba en la vertical de todos los cráneos. Allí celebré las bodas con mi inocencia, según Camus. Los primeros días de ejercicios en el solario me abrasaba la piel y de noche mientras preparaba los exámenes se me ponía la espalda en carne viva. De madrugada bajaba al comedor y me llevaba a la habitación la aceitera y con ella me embadurnaba con aceite de oliva todo el cuerpo a modo de bálsamo de urgencia y untado de esta forma como un griego leía un librito de tapas rojas, Verano, de Camus, donde estaba mi nueva profesión de fe, que era Nupcias en Tipasa. Por primera vez tenía la percepción del libertinaje de la naturaleza que era todo el mar extendido al pie del trampolín.

Una y otra vez las zambullidas en el agua desde lo más alto esperando los ojos de alguna muchacha que te mirara para lanzarte

lleno de dicha al espacio. También podía ser
ése el mito de Sísifo. Uno se convertía en la
piedra de sí mismo. Subías tu propio cuerpo
adorado hasta el tercer nivel del trampolín,
veías el horizonte del mar y el Partenón pintado de azul a tu lado, reclamabas la mirada
de alguna mujer abajo, te sentías poseído por
la plenitud de los sentidos y en el punto en
que creías haber alcanzado la perfección res-
pirabas profundamente y en ese instante la
gloria te derrumbaba al fondo de la piscina y
al salir a la superficie del agua aquella mujer
estaba mirando hacia otra parte ajena a tu esfuerzo y un nuevo cuerpo más esplendoroso
que el tuyo te sustituía en lo alto del trampolín. Había que subir cargado de ti mismo para repetir la hazaña, el mito. Después de infinitas ascensiones y caídas ya sabías que en
medio de la libertad del mar estabas condenado y a pesar de eso tenías la obligación de
ser dichoso.

Desde lo alto del trampolín de la piscina
de Las Arenas se veía la playa de la Malvarrosa.
Allí alguna vez se realizaba otro rito clásico y
yo lo contemplaba antes de zambullirme en el
agua. Al principio del verano, de pronto, llegaba a la playa una formación de soldados que se
desplegaba en la arena ahuyentando a los bañistas hasta crear un cerco deshabitado que alcanzaba también las barracas de los pescadores.
Cuando el horizonte había sido limpiado entra-

ban unos zapadores y plantaban en medio del arenal una caseta de baño con suelo de madera, cortinas y ventanillas laterales de ventilación. Extendían unos pasillos de listones desde la caseta a una mesa con sombrilla rodeada de sillones de lona y otro pasillo con alfombra hasta el mar. En la playa desierta sonaba un golpe de cornetín. El capitán general de Valencia Ríos Capapé se apeaba de un coche oficial y con la vara de mando azotándose las polainas llegaba a través de la arena hasta el campamento recién instalado. Le acompañaban unas señoritas cuyas carcajadas llegaban muy lejos y otros soldados traían grandes cestas con viandas y refrescos que eran servidos por dos ordenanzas con chaquetilla blanca abrochada hasta la nuez y el ir y venir de bandejas con todos los reflejos de la cristalería se veía desde lo alto del trampolín. Con la bayoneta calada y firme bajo el sol vertical de Valencia un batallón formaba la guardia mientras el capitán general se bañaba en la Malvarrosa acompañado de bellas mujeres y después aparecía por el horizonte una paella portada en andas a lo largo del arenal desde un barracón de pescadores. A media tarde se vestía, los soldados recogían la parada, el capitán general se volvía con las señoritas en el coche oficial y una camioneta del ejército le seguía llevando los trastos.

Desde el trampolín de la piscina también se veía el merendero de la Marcelina den-

tro del sonido del mar que arrastraba en la resaca todo el perfume de arroces, calamares y
mejillones que los bañistas desnudos comían
de forma pegajosa y un aire de acordeón llegaba desde la sombra de los cañizos donde se
celebraba alguna boda o una comunión. Sonaba el pasodoble Valencia que muchos cantaban a coro junto con la maraña de gritos de
los niños que se bañaban. Estas sensaciones
diluían las amenazas morales que aún subsis-
tían en mi cerebro a pesar de la sal.

Mi primera obligación es respirar, lla-
mar a cada cosa por su nombre sin juzgar nada y ser feliz, pensaba yo mientras subía una
y otra vez al trampolín de Las Arenas. Tal vez
el trayecto del tranvía de la Malvarrosa era el
camino de Marisa, pero allí en la piscina había algo más que la inocencia de los cuerpos.
De noche todo el sol acumulado en estos primeros días de verano me ponía en carne viva
y yo tenía que embadurnarme en aceite para
poder conciliar el sueño. Dormía con un tema de derecho penal en el subsconsciente,
con el sonido de las canciones de acordeón
que salían de los merenderos, con las invisi-
bles muchachas que miraban hacia otra parte
cuando yo saltaba del trampolín. También
tenía en el fondo del cerebro la omnipotencia
del capitán general de Valencia que trans-
gredía todos los límites de la dicha sin conocer la culpa.

Aquel verano fue cuando mi padre nos compró el seiscientos, el primero que rodaba por la provincia de Castellón; la gente se paraba a contemplarlo y yo entraba y salía del coche como Bogart sin apear el cigarrillo de la comisura mirando de soslayo a los peatones. En las fiestas de agosto de ese año a Vilavella vino a cantar Pedrito Rico y Rafael Conde El Titi. Para asistir a ese espectáculo en el aire llegaban motocicletas de toda la comarca y muchas abuelas venían a pie con la silla de enea en la mano de noche por los atajos entre naranjos desde Artana, Moncófar, Nules y Vall de Uxó. En el seiscientos con los amigos iba a bañarme a las villas de Benicasim y en la radio del coche cantaba Gloria Lasso: Nunca sabré qué misterio nos trae esta noche/nunca sabré cómo vino esta luna de miel/la luna brilla en tus ojos y con mi desvelo/besa en tu suelo, reza en tu cielo, late en tu sien./Luna de miel, luna de miel. Frente a villa Elisa estaba don Joaquín Bau a la sombra de un parasol en la arena vestido con traje blanco y unas chicas con cofia y vestido negro y puños almidonados le servían en la orilla del mar unos refrescos de granadina. Aquel verano en el balcón de casa leía libros de Austral, las Noches Florentinas de Heine, todo lo de Ortega y Gasset, el diario de Amiel, la Montaña Mágica, los cuentos de Andreiev y en la mecedora me balanceaba esperando que Marisa llegara otra vez al balneario de Galofre y aquellas lecturas estaban como siempre oreadas por la brisa del corredor que agitaba las cortinas. Por debajo del balcón a media mañana pasaba el dueño del cine de verano con el saco de lona que contenía los rollos de la próxima película. ¿Qué ponen esta noche? —le pregunté un día. El hombre me respondió: Enrique Uve. Quería decir Enrique V y sin más siguió adelante borracho como iba.

Había toros de fuego cuyos mugidos traspasaban las tinieblas y sobre ellos amanecían los días muy pastosos con la banda de música tocando pasacalles con mucho metal y el olor de la pólvora se unía al bochorno de la canícula y seguían procesiones y desfiles de clavarios, paellas junto a las higueras en los marjales cerca del mar donde las acequias tenían ranas extasiadas que te miraban flotando entre el limo podrido. Había varietés después de haber corrido un toro por la tarde. Cuando la res ya estaba desollada y bien sangrada actuaba el Titi sobre un tablado hecho con bidones y bajo las dulces estrellas del ve-

rano cantaba doce cascabeles tiene mi caballo
y otras artistas del elenco bailaban y al dar la
revolera se hacía el vacío hasta sus bragas rojas y esto arrancaba aullidos del público. Aquella noche yo estaba tratando de encontrar en
el dial del telefunken la emisora de la Pi-
renaica cuando oí el tumulto. El aparato crepitaba como una freiduría de boquerones y
una voz gangosa que iba y venía de las ondas
relataba incomprensibles rebeliones de obreros que habían sucedido en Barcelona. El
enano sangriento del Pardo seguía metiendo
en la cárcel a los esforzados luchadores por
la libertad y el pueblo hambriento... Yo no
comprendía nada. Entonces la radio Pire-
naica me daba un poco de risa. A mí me gustaba más radio París donde hablaba Madaria-
ga y Álvarez del Vayo, pero aquella noche de
verano las soflamas antifranquistas de la Pi-
renaica que llegaban de Praga se unían a las
canciones del Titi en la plaza del pueblo,
cuando la luna sale, sale de noche y un amante la espera en cada reja, luna, luna de España
cascabelera... y de pronto se oyeron gritos de-
saforados del público que obedecían a un
gran altercado. Una bailarina estaba en el tablado bailando un mambo y daba aire a sus
muslos y en las revoleras enseñaba sus bragas
rojas. Uno de los serenos con gorra de plato
se acercó al pie de la tarima en medio de la
plaza y con el puño curvo de la garrota en-

ganchó a la artista por la pantorrilla y sin más la derribó.

—Eso está fuera de la ley —dijo la autoridad—. A este pueblo no se viene a enseñar el culo.

Comenzaron los insultos y a estos siguieron algunos botellazos. La batalla campal no tardó en producirse. El revuelto de artistas, músicos y paisanos fue en aumento hasta que llegó la guardia civil, que disolvió a culatazos la fiesta en el aire como si fuera una asonada.

—A ver. ¿Quién ha sido la señorita que ha enseñado las bragas? —preguntó el sargento Garrut.

—Ha sido ésa —señaló el sereno con la punta de la cachaba.

—No he sido yo —protestó la flamenca.

—Le digo que es esa. Tiene las bragas rojas —recalcó el sereno.

—A ver —exclamó el guardia civil.

—Yo no he sido.

—Levántate las faldas. Como sea verdad te has jodido. A ver.

Con la garrota del sereno el sargento levantó el vestido de la chica que bailó el mambo, y lo hizo con la lentitud que le permitía su sonrisa morbosa. La niña artista ante el guardia civil no había podido contenerse de miedo. Sus muslos escuálidos aparecieron con todas las mallas mojadas hasta la rodilla y de esta forma se la llevaron al cuartelillo de Nules donde pasó la noche.

Ese verano iba en el seiscientos a bañarme a Benicasim, a Oropesa y a las playetas de Bellver. Leía a Ortega en el balcón. Tocaba el piano en el balneario de Galofre pero llegó septiembre y las moscas se pusieron pegajosas, hubo tormentas por el tiempo del moscatel y Marisa no vino ese año. Yo tocaba el piano: siempre está en mi corazón el hechizo de tu amor... y el sillón de mimbre donde ella siempre se sentaba ahora estaba vacío. Te quiero, dijiste, tomando mis manos entre tus manitas de blanco marfil... y con esta melodía empezaron las lluvias y entonces la criada Rosario y mis hermanas me hicieron la maleta para volver a Valencia, una maleta de cuero rojo con correas y en ella llevaba la gabardina blanca de canutillo, la chaqueta azul con botones de ancla, los pantalones de franela gris y muchas lecturas subrayadas y junto al Inmoralista de André Gide el primer frasco de azufre Veri para el pelo que se me estaba cayendo.

No recuerdo si esta vez al llegar a Valencia sentí primero el incienso del Patriarca, después de atravesar el frescor del zaguán donde reptaba el dragón por la pared o fue el apestoso olor a mantequilla caliente de Barrachina ya que los dos lugares visité el mismo día en busca de confesión con el padre España y de la compañía de aquella prostituta que quería llevarme a la lucha libre. A los dos seres encontré en su sitio. El padre España estaba en el primer confesionario entrando a la derecha y la China se hallaba sentada a la misma mesa en el altillo de la cafetería con la mandíbula apoyada en un puño.

Era también otro cura alto, flaco, de pelo blanco y rostro angulado, don Faustino, un
salesiano elegante que cortaba los espárragos
con una delicadeza exquisita en aquel restaurante de la Gran Vía de Germanias mientras
me decía que yo debería asistir a unos cursillos
de cristiandad aunque sólo fuera para infor-
marle de cuanto sucedía en esos encierros que
estaban poniendo de moda una espiritualidad
muy histérica. Don Faustino dirigía la Jumac,
juventud universitaria masculina de acción
católica y por incercia yo me movía en ese ambiente llevado por mi compañero de residencia Miguel Olmeda, un tipo inteligente que
leía a Proust, a Theilard de Chardin y tocaba el
acordeón. Don Faustino quería tener de primera mano una referencia de los cursillos de
cristiandad. Me había elegido de espía. Una
mañana nos llevó a Olmeda y a mí a palacio
para hablar con el arzobispo Olaechea y yo iba
muy a remolque ya que mi fe en la Iglesia la
había dado por cancelada aunque llevaba un
lastre muy difícil de sacudir, aparte del terror
de encontrarme solo conmigo mismo. A pesar

de todo aún me atraían ciertos ritos, el incienso, el gregoriano, el esplendor de la liturgia estéticamente elaborada, si bien estos elementos de mi adolescencia mística comenzaban a ser anegados por las sensaciones de un mar corporal, la brea del puerto, la música de los Platters, el humo ciega tus ojos y este humo ya no era de incienso, sino del cigarrillo Pall Mall bajo la mirada de una chica con el primer cubalibre en la mano que era la nueva forma de oficiarse el alcohol.

El despacho del arzobispo Olaechea era amplio, austero, soleado; había un zócalo de azulejos, una mesa, un crucifijo y al fondo un cuarto de baño entreabierto donde se veía la taza del retrete. Semejante intimidad me tenía sobrecogido. Don Faustino, Olmeda y yo nos sentamos en unas severas jamugas frente al prelado que no hizo nada por mostrarse simpático aunque entre los dos clérigos se hablaban con confianza puesto que ambos eran salesianos de Navarra y de parecida edad. Don Faustino me presentó diciendo que yo era un estudiante de Derecho y añadió algunos elogios; lo mismo dijo de Olmeda, cosa que el arzobispo dio por bueno y mientras se acariciaba el anillo de latón y el pectoral de no muy buena calidad comenzó a hablar mal de Franco. Estaba un poco molesto porque el Caudillo acababa de negarle no sé qué y en cambio le había nombrado procurador en Cortes. Decía que ésa no era su misión apostólica.

—Yo debo procurar que los procuradores sean buenos cristianos y que elaboren leyes justas según la doctrina de la Iglesia católica. ¿Pero qué pintamos algunos obispos sentados en las Cortes?

—Quieren tenerlos cerca —dijo don Faustino.

—Eso es, domesticados —añadió el arzobispo—. Bastante hacemos con llevar bajo palio a ese señor.

Con mucha suavidad el arzobispo Olaechea alternaba el veneno con la sonrisa y ésta con las caricias de las yemas de sus dedos en el pectoral y de esta forma contaba que durante la cena de gala que hubo una vez en la alquería de Godella en honor a su excelencia el Generalísimo se produjo un apagón de luz en el momento de servir la pularda y en la oscuridad se oyó algo parecido a una detonación que no era sino un panel que se había caído sobre las espaldas del gobernador militar y éste lanzó un grito que alertó a toda la guardia.

—Sentí un golpe en el hombro —dijo el arzobispo—. De pronto me vi en el suelo en medio de un estruendo de sillas y mesas que volcaban. Con la nariz pegada al pavimento y descalzo de un zapato pensé cómo había tanto miedo en un salón donde había tantas pistolas. Noté una presión en la sien junto con el jadeo de alguien que tenía su boca muy cerca de mi nuca. Cuando vino la luz descubrí el cañón de una metralleta perpendicular a mi oreja y unos ojos desorbitados por el terror que me miraban.

—¿Quién era?

—Uno de la guardia de Franco. Uno de esos que llevan una borla roja en la boina. Me dijo: «Perdón, excelencia, era por si las moscas.» Buscó el solideo entre las mesas y ayudó a calzarme.

El arzobispo sonrió con ironía, respiró hondo y añadió:

—Bien, bien, bien, hijos míos, así que os vais a los cursillos de cristiandad, ¿no es eso? Contad a don Faustino lo que veáis. He oído cosas muy extrañas de todo eso.

En los círculos de estudio de la Jumac había dos tendencias; unos eran partidarios de la misa y comunión diaria, del rezo del rosario y de las sabatinas sin plantearse problemas intelectuales; otros creíamos que los universitarios tenían la obligación de afrontar la espiritualidad de una forma menos rudimentaria. Había que ahondar en el misterio de la fe y vivirla con la proyección evangélica en un sentido moderno. Ellos seguían con el misal de cantos dorados; nosotros leímos a Maritain, a Romano Guardini, al incipiente Aranguren y sobre todo teníamos nuestro faro en el libro de Zubiri: Naturaleza, Historia y Dios. Después vendría Teilhard de Chardin, Graham Greene y sus curas alcohólicos, la santidad laica de Camus, la agonía de Unamuno. Este talante era una expresión de la minoría selecta en su versión religiosa, una forma de exigirse a sí mismo para distinguirse de los demás y convertirse en un individuo frente a la masa. Yo sentía demasiado desprecio por aquellos beatos. Sus críticias no me molestaban. Aparte de que en secreto había perdido ya la fe.

El cursillo de cristiandad se efectuó en la misma casa de Alacuás donde tiempo antes hice los ejercicios espirituales con el padre Llanos. La gente que se reunió allí era de extracción muy variada. Había universitarios, oficinistas, tenderos, padres de familia y obreros del Grao. A simple vista la mezcla resultaba extraña pero eso formaba parte del invento, como también el hecho de que el silencio y la meditación no tenían allí ningún valor. Más bien al contrario: resultaban sospechosos. Llegaba un seglar y daba una charla muy encendida sobre cosas sencillas de la moral y a continuación todo el mundo se ponía a cantar canciones infantiles y a contar chistes y a berrear lo que le venía en gana como una forma de salirse de sí mismo hasta formar una masa magnética con el grupo. Este clima de histeria iba en aumento. Las pláticas arreciaban con énfasis apostólico de grueso calibre. Cristo era tratado como un tipo que tenía un par de cojones y a renglón seguido los chistes verdes también subían de tono y así mismo las carcajadas que provocaban y las canciones pletóricas de entusiasmo que se perdían por encima de la tapia. La canción estrella era: de colores se visten los campos en la primavera, de colores los pájaros raros que vienen de fuera, de colores es el arcoiris que vemos lucir y por eso de muchos colores, de muchos colores te quiero yo a ti. La expresión: estar de colores significaba estar en gracia de Dios. La gente se saludaba ¡de colores! Incluso algunos más fanáticos te preguntaban directamente: hermano ¿estás de colores? Tenías la obligación de contestar la verdad. El momento culminante se alcanzaba la noche de la clausura. Muchos cursillistas iban llorando a lágrima viva por los pasillos. Llegaban invitados de otras sesiones anteriores que ya habían pasado por la experiencia. En una gran sala se hacía un psicodrama compulsivo. Uno a uno iba tomando la palabra. En medio de una histeria colectiva cada uno sacaba de lo más profundo de su ser una confesión, un deseo, una promesa y esta catarsis se acompañaba con lágrimas, gritos y aplausos por todos los demás. En ese momento uno recordaba a un familiar muerto, otro soltaba una imprecación mística rozando la blasfemia: ¡¡Cristo es cojonudo!! ¡¡La Virgen María será mi puta para siempre!! y todo el mundo sollozaba y reía. Yo me mantenía frío en mi papel de espía aunque me sentía tan ridículo como ese tipo que está sobrio en medio de una pandilla de borrachos. Cuando vi que Olmeda, un joven tan racionalista, también lloraba quedé turbado. Me llegó el turno, me puse en pie y dije a la sala: «Veo que aquí muchos están llorando por su salvación, ojalá yo pueda llorar un día por una idea». Me había preparado una frase que sonara intelectual y cálida para salir del paso, pero quedó cursi. No aplaudió nadie.

Para que los efectos emocionales del encierro no se disiparan, los cursillos de cristiandad continuaban luego en la calle mediante la organización de unas células que se llamaban Ultreyas formadas por grupos de cuatro y sus componentes estaban obligados a reunirse un día a la semana para controlarse, animarse y excitarse mutuamente en el amor a Cristo. Fui asignado a una Ultreya bajo la dirección de un escayolista lleno de celo apostólico que vivía en Nazaret, de nombre Arsenio. Comenzó a llamarme a horas intempestivas. Sonaba el teléfono de la residencia. Acudía a la cabina. Oía su voz un poco cavernosa.

—¿Manuel?

—Sí.

—Soy Arsenio.

—Ah.

—¿Estás de colores?

—Bueno, sí.

—¿Por qué no viniste ayer a la Ultreya?

—Tengo parciales de procesal.

—Eso no es lo que Cristo espera de ti —decía con un tono profundo el escayolista—. ¿Qué es eso de parciales?

—Exámenes.

—¿Y por qué estabas ayer por la tarde en la cafetería Barrachina sentado con una puta?

Esta persecución comenzó a convertirse en una tortura. Arsenio no sólo me vigilaba. Hacía algo peor: rezaba por mí, se ponía un cilicio, se azotaba, efectuaba cualquier clase de penitencia para conducirme por el buen camino. Saber que había un escayolista en Valencia dispuesto a dar su vida por mi salvación me llenaba de angustia. En cuanto yo faltaba una vez a la reunión en seguida se producía la llamada telefónica, incluso a altas horas de la noche, para preguntarme escuetamente si estaba en gracia de Dios y su voz sonaba patética al otro lado del hilo. Aun sin verlo sentía su presencia en todas partes, por lo visto él conocía todos mis caminos y un día en el bar Los Canarios el dueño me dijo que un señor había caído por allí preguntando por mí y otro día era el bedel Cuevas en la facultad el que me lo decía. Todos describían a un tipo con las orejas muy separadas y los ojos de fresa, algo dislocados.

El club Mocambo estaba en el pasaje de la Sangre. Allí reinaba de forma absoluta

la dueña Mercedes Viana, una rubia artifi-
cial, cegata, de caderas anchas y muy bien
vestida. A los 18 años había tenido un amante gordísimo, de más de cien kilos, que le dio
el dinero para los negocios que ella empren-
dió. Cuando algunas chicas del club se queja-
ban, Mercedes Viana siempre les contaba el
peso enorme que había tenido que soportar
para salir adelante. Pasado el tiempo se ena-
moró locamente de un chulo llamado Julián
que la esquilmó antes de preñar a una tan-
guista de la cual tuvo un hijo, pero Mercedes
Viana que ya se había casado con Paquito Selma
adoptó a la criatura porque ella era yerma,
y además tenía un gran corazón. Yo acompa-
ñé aquella tarde a Vicentico Bola a Mocambo. Quería averiguar si había alguien allí que
me pudiera contar el crimen del cine Oriente
y si la pelirroja Catalina que se había sentado
en mis rodillas en un reservado del cabaret
Rosales de Castellón había participado como
encubridora en ese asesinato. Vino a Valencia
aquella tarde de noviembre Vicentico Bola
en la vespa con un gorro ruso de astracán en
la cabeza y todo el pecho forrado de periódicos. Antes de ir al barrio chino a encamarse
en casa de Madame Doloretes que era su destino final, pasó por la residencia a visitarme,
apagó el flexo que en mi mesa iluminaba la
letra de cambio de Derecho Mercantil y tiró
de mi manga diciendo que me invitaba a una

copa en Mocambo, un antro de lujo que yo no conocía.

Caía sobre Valencia un crepúsculo amoratado y todo el neón crepitaba en la cafetería Barrachina donde Bola primero se comió dos bocadillos de blanco y negro hechos con butifarra y longaniza. Después bajamos al sótano rojo de Mocambo y Mercedes Viana que se paseaba por allí fumando en una larga boquilla de hueso de jabalí al ver a Bola exclamó:

—Gordo como tú era mi primer novio. Pero no tan guapo.

—¿Está Toni la del Cabanyal? —preguntó Bola sobrado de facultades.

—¡¡Toni!! —gritó una leona detrás del mostrador.

Vino una de las chicas y se acomodó junto a nosotros en un taburete de la barra. Vicentico Bola le preguntó si conocía a la pelirroja Catalina y Toni la del Cabanyal antes de nada pidió un cubalibre y a continuación Bola exigió un coñac para él y un anís para mí. Toni comenzó a relatar el crimen desde el principio. Las piernas depiladas en un saco junto a la vía del tren. Los brazos con pulseras y las uñas pintadas en la Malvarrosa. La cabeza degollada de un hombre detrás de la pantalla del cine Oriente dentro de una caja de galletas. ¿La pelirroja Catalina? Lo contaba con tanto misterio que muy pronto se produjo alrededor de Toni un corro de chicas in-

cluida la dueña Mercedes Viana y todas estaban pendientes de sus palabras cuando sonó
el bufido de alguien que se acercaba sin ocul-
tar su furia. Con espanto vi que Arsenio el escayolista se abría paso hacia mí y que de un
manotazo apartó a Toni la del Cabanyal, em-
pujó a dos chicas más y se echó mano al bolsillo interior de la chaqueta con ademán de sacar una pistola. Pero en vez de un arma en su
mano apareció un gran crucifijo que de un
golpe dejó depositado sobre la barra entre las
bebidas.

—¡¡Éste que ha muerto por ti te va
buscando!! —gritó Arsenio mirándome fija-
mente con ojos llenos de fiebre.

Se dio media vuelta y desde lo alto de
la escalera alfombrada, antes de salir de Mocambo, aun lanzó un nuevo grito:

—¡¡Devuélveme el crucifijo cuando te
hayas arrepentido!!

En el silencio que se produjo sonaba la
voz de Nat King Cole. Ansiedad de tenerte
en mis brazos suspirando palabras de amor,
ansiedad de tener tu cariño y en tus labios
volverte a besar. El crucifijo permaneció un
tiempo al pie del cubalibre y nadie se atrevía
a tocarlo.

Fue en esos días de noviembre cuando vi pasar otra vez a Marisa en el tranvía de circunvalación por delante del puente de la Trinidad. El tranvía 5 era azul. Bajaba junto al río hasta la Glorieta; después rodaba a lo largo de Colón, la calle Játiva y Guillén de Castro; daba la vuelta después de pasar las torres de Cuart y bajaba por las Alamedillas de Serranos. Esta línea seguía el trazado de la antigua muralla de la ciudad. Algunos días cogía el tranvía 5 para no ir a ninguna parte. Me gustaba dar vueltas sin un fin determinado leyendo cualquier libro pero desde el día en que vi a Marisa en una ventanilla del tranvía de circunvalación, ese trayecto comenzó a tener para mí un sentido. Imaginaba que iba detrás de ella. O que ella me seguía en otro convoy. Dábamos los dos la misma vuelta a la ciudad y yo iba leyendo poesías de Nervo, la Amada Inmóvil, o cosas más cursis todavía. Tenía entonces ya una pasión inconfesable. Quería ser escritor. Era otra de las formas de salvar al mundo. Trataba de expresar un sentimiento que conmoviera a todas las almas y para eso no encontraba otro camino que pedir un vaso de vino tinto y un pincho de tortilla en Casa Pedro, acodarme en la barra, encender la pipa que me había comprado y componer el perfil del joven literato. Esta taberna literaria, propiedad de Javier Marco, estaba decorada con murales de Manolo Gil y había anunciado un nuevo concurso de novela corta con un jurado compuesto por las vacas sagradas de la inteligencia valenciana del momento, Joan Fuster, Vicente Ventura, José María Jover, Carlos Sentí, José Iborra y Sabino Alonso Fueyo. Mi tío Manuel me había regalado una máquina de escribir Hispano Olivetti. El primer premio lo había ganado Juan Mollá. Había salido en los periódicos. Le habían hecho fotos. Algunos pintores habían dibujado su cabeza. Yo tenía la pipa, la máquina de escribir y el corazón inflamado. Sólo me faltaba un buen tema que rindiera al mundo entero.

Podía afrontar algo lírico: la pasión por aquella niña que huía en un tranvía sin que yo pudiera conseguirla jamás. Puesto que el intento de relatar el crimen del Semo se había frustrado, también podía describir el amanecer de aquel día de mayo en el patio de la cárcel de mujeres junto al río cuando agarrotaron a la envenenadora Pilar Prades Expósito, según me lo había contado el fiscal que asistió a la ejecución. Era precisamente aquella mañana de primavera ya granada en que vi por primera vez a Marisa en el tranvía de la Malvarrosa. Así debería iniciar la narración: yo salía de la audiencia con el fiscal Chamorro, que era mi profesor del derecho penal, en dirección al bar Los Canarios de la calle la Nave a tomar un pincho de tortilla. En ese momento oí la campana de un tranvía azul y amarillo que cruzaba la Glorieta y en él viajaba aquella niña de la trenza de oro. Corrí angustiosamente detrás del convoy y a punto estuve de encaramarme en la jardinera, pero no lo logré a causa de mi propia emoción. El fiscal me esperó en medio del Parterre junto a la estatua de Jaime el Conquistador y sin preguntar a qué se debía mi esfuerzo desesperado por atrapar lo que parecía una visión siguió camino a mi lado y fumaba lentamente contando que la sentencia de la envenenadora se había cumplido la madrugada del día anterior, 17 de mayo.

El teniente fiscal Remigio Moreno que intervino en el juicio excusó la asistencia a la ejecución alegando que era cardiaco y que tenía arritmia y debido a eso fue sustituido por el fiscal Chamorro. Estaban presentes esa noche perfumada, aparte de la condenada Pilar Prades Expósito, el verdugo que era natural de Azuaga, un pueblo de Badajoz donde regentaba un puesto de pipas aunque otros dicen que era un zapatero remendón. También estaba en el sótano de la cárcel de mujeres un juez de Palencia, de paso por la ciudad, que al parecer le gustaban esas cosas y dos testigos de Valencia traídos según el precepto de la ley de enjuiciamiento criminal. A las once de la noche, el verdugo cogió una botella de coñac y dijo que le despertaran diez minutos antes de las seis, hora en punto en que debía actuar; a continuación todos oyeron los ronquidos que daba en el tabuco habilitado con un petate donde se había metido. El fraile Jesús de Orito se pasó toda la velada hablando con el abogado defensor de que había que cenar cosas ligeras para dormir bien, por ejemplo un hervido, una tortilla a la francesa o un pescadito y a esta conversación asistía el director de la cárcel al que habían echado del puesto en Santander por haberse llevado el dinero de la caja. A la condenada se le había pedido que manifestara su última voluntad. Ella dijo que quería ver a una antigua compañera de celda que había estado presa por abortadora. Ahora vivía en Gandía. El presidente de la audiencia el señor Chico de Guzmán ante la dificultad que representaba semejante capricho insinuó que dijeran a la condenada que habían avisado a su amiga y que no había podido venir, pero el fiscal Chamorro se opuso a este enjuague y pagó el taxi de su bolsillo. La abortadora fue traída a la cárcel y estuvo toda la noche acompañando a la condenada a muerte. Le habló todo el rato de calceta, de la forma cómo hacía ella los patucos para los niños.

—¿Ha llegado el indulto? —preguntaba la interesada.

—Todavía no.

—Cuando salga de la cárcel iré a cuidar leprosos —murmuraba a veces.

Hasta el último momento pensó que la perdonarían porque creía que no era una mala persona pero llegó la hora convenida y hubo que aporrear varias veces la puerta del tabuco para que el verdugo despertara. A las seis el fraile celebró una misa a la que asistieron todos los presentes excepto el puntillero que estaba preparando el garrote con sus palitroques respectivos en una esquina del patio y en ese momento ya se oían los pájaros que cantaban furiosos de amor y bajo ese sonido, terminada la misa, el director de la cárcel leyó el acta de ajusticiamiento y entonces la mujer comenzó a blasfemar. Mientras la acompañaban hacia el ángulo del patio vestida con un abrigo verde y zapatos de tacón alto el fraile le decía: Hija mía, repite conmigo. Jesús, José y María os doy el corazón y el alma mía, pero la condenada a muerte daba unos aullidos terribles que saltaban la tapia cubierta de rosales y los vecinos del barrio de Cuarte Extramuros los oían con toda nitidez. Junto al garrote armado la esperaba el verdugo con la botella de coñac.

—¡¡Soy muy joven para morir!! ¡¡Quiero cuidar leprosos!! ¡¡Haré lo que ustedes quieran pero no me maten!! —gritaba Pilar.

Olían las rosas de la tapia y por el mar estaba amaneciendo, todos los pájaros cantaban de una manera furiosa y el fraile le hablaba a la encausada de las delicias del cielo, de la belleza de encontrarse con el Ser Supremo y del eterno descanso. En un rincón del patio estaba ella sentada ya en un taburete con la espalda en el palo y le dijo al verdugo:

—No me hagas daño.

—Tranquila. Soy un buen profesional —contestó el otro.

Frente al patíbulo se hallaba alineada la representación oficial. Un segundo antes de la puntilla al director de la cárcel le dio un ataque de epilepsia. Comenzó a aullar, a retorcerse en el suelo, a echar espumarajos y el abogado defensor, el fiscal, los magistrados, el forense, los testigos e incluso el propio verdugo acudieron en su ayuda, todos excepto la condenada que tenía ya pasada la argolla por el cuello y no podía moverse. Hubo que amarrar al director de la cárcel y ponerle un pañuelo dentro de la boca antes de ejecutar la sentencia, pero a Pilar no la libró nadie.

En el bar Los Canarios el fiscal Chamorro entre un pincho de tortilla y una ración de boquerones en vinagre juró casi con lágrimas que nunca pediría la pena de muerte para ningún acusado después de haber visto lo que vio. Aquellas tardes moradas de noviembre en la residencia yo escribía en un cuaderno de tapas rojas esta historia tratando de unirla a la visión lírica también real de una niña con la trenza de oro que viajaba en el tranvía azul y amarillo de la Malvarrosa. La envenenadora de Valencia era una criada que había usado un arsénico matahormigas, marca El Diluvio para envenenar a su señora, la mujer de un carnicero a la que servía con amor. También envenenó a la esposa del coronel médico. Lo hacía para que estuvieran enfermas y poder ayudarlas. Ni Dostoievski hubiera encontrado un pliegue más profundo del alma humana, pero aquel cuaderno de tapas rojas quedó muy pronto abandonado y yo seguí persiguiendo a Marisa en el tranvía y entonces leía Los Héroes, de Carlyle y las poesías de Machado. Los domingos por la mañana había matinales de cine club en el Astoria o en el Lys. El Río, de Renoir; El Silencio es Oro, de René Clair; las películas del indio Fernández; Milagro en Milán, de Vitorio de Sica; películas de Alberto Latuada, de John Ford. En las carteleras daban Candilejas, Pan, amor y fantasía, Carrusel napolitano y Vacaciones en Roma cuando la China de la cafetería Barrachina había comenzado a envolverme en sus redes. Transcurrían en Valencia suaves días de otoño o tal vez era ya primavera y yo llevaba en la cabeza un triple enigma: buscaba a una niña que huía en un tranvía a la Malvarrosa; un escayolista místico de Nazaret me perseguía buscando mi salvación y me llamaba por teléfono de noche para decirme con voz cavernosa que se ponía cilicios por mí, que se azotaba pensando en mi alma en pecado, que estaba dispuesto a cualquier sacrificio con tal de que yo recuperara la gracia de Dios; una prostituta extremadamente tierna se juraba a sí misma que yo era su novio que había resucitado. Ahora la China estaba de medio amante del campeón de lucha libre Pizarro, pero el amor de su vida había sido el hijo de un fabricante de zapatos de Elche que estudiaba tercero de Medicina cuando se mató en accidente de coche el verano anterior.

Después de haberlo repetido tantas veces comencé a sospechar si no sería yo un ectoplasma del otro: el mismo nombre, los mismos ojos, la misma voz, la misma forma de caminar, el mismo cuerpo. La China no hablaba como una profesional. Se comportaba conmigo de un modo misterioso. Decía que en sueños había sabido que yo un día volvería a ella y mientras tanto cogía mis manos con mucha dulzura y hacía que le pasara las yemas de los dedos suavemente por sus ojeras para secarle las lágrimas. Me costaba aceptar que yo había tenido otra vida muy reciente hasta una tarde del pasado agosto en que quedé aplastado contra un eucaliptus en el camino del Saler.

—No puede ser —le decía riendo—. En agosto yo iba en el seiscientos a bañarme a las villas de Benicasim con mi hermano José María. Él es testigo de que yo existía por mí mismo.

—No, no —exclamaba la China mirándome con mucha ternura—. Tú has muerto, pero yo sabía que un día volverías a estar conmigo. Manuel, vámonos a la pensión. ¿No quieres?

—¿A la pensión?

—Vivo al lado del teatro Ruzafa, aquí mismo, encima del bar la Nueva Torera. Te enseñaré todo lo que tienes que saber de las mujeres.

Al principio parecía un juego. Yo iba muchas tardes a la cafetería Barrachina y me enredaba frente a un yogur batido con aquella chica que hablaba del más allá sin dejar de mirarme con una dulzura muy profunda. La veía sentada a un velador esperando y mientras subía por la escalera de mármol hacia la rotonda a veces ya no sabía si yo era el hijo del fabricante de zapatos muerto en accidente que acudía a una cita con su novia o era un simple mortal que no había muerto todavía y que sólo buscaba seguir hasta el final un juego excitante.

El tiempo se dividía en antes y después de la riada. La ciudad había sido marcada por aquella inundación en mitad de octubre de 1957 y ya no sé muy bien si ciertos amores con novias primerizas, algunos perfumes de algas, determinadas lecturas, las caricias trabajadas hasta la humedad en la última fila de los cines, muchas sensaciones y melodías, Charo, Eloísa, Mary Carmen, aquellos besos en los jardines oscuros del paseo de Valencia al Mar debían se atribuidos a un momento anterior o posterior a las aguas que llegaron a cubrir todas las calles y al barro que se apoderó de la vida. Estuvo lloviendo un cielo negro toda la tarde y siguió el aguacero de noche pero fue de madrugada cuando se oyeron sonar los pretiles del río desde la residencia con los remolinos de la corriente que traía enseres, árboles, toda clase de animales muertos para depositarlos en el corazón de la ciudad en medio del fango. Durante muchos días reinó la putrefacción. En el portal de la residencia al amanecer había un cerdo hinchado.

¿Sería antes o después de la riada cuando don Santiago me dijo que una chica que se llamaba Marisa le había dado recuerdos para mí? Pertenecía a una de aquellas familias de la burguesía a las que él llevaba la palabra de Dios en cenas exquisitas y la niña tenía los ojos verdes, ligeramente plateados, eso era lo más evidente. Uno o dos veranos había faltado a la cita del balneario y yo la buscaba por Valencia. No recuerdo si esos días ya la había visto pasar en el tranvía de la Malvarrosa. El hecho de que don Santiago por fin me revelara su nombre después de tenerlo durante algunos meses en secreto con una sonrisa de complicidad no cambió nada. Yo sólo quería encontrar a Marisa en la ciudad puesto que para mí las calles eran ella y su búsqueda se había convertido en un juego de la mente.

Me vienen ahora a la memoria los sonidos de aquel tiempo, las voces de los amigos. Empezaba el curso. En la residencia por la tarde Gonzalo tocaba con el laúd de forma insistente el tema de Juegos Prohibidos allí en su habitación o también Ay Portugal por qué te quiero tanto y estas melodías las llevo asociadas a la enfiteusis del derecho romano, a Kelsen y su filosofía jurídica neokantiana, al Soberano de Bodino mientras en el patio se oían los balonazos que daban Velasco o los gritos de Chimo Porcar y de Jack que jugaban al baloncesto y en el pasillo sonaba el violín de

Enrique Pastor, ñigo, ñigo, ñigo, infinitamente y eso soliviantaba a algunos alumnos que preparaban notarías, Giner, Pedro Sancho, Bataller. En los días claros de mistral llegaba el chirrido de los raíles del tranvía de circunvalación y los pitidos de los trenes de la estación del puente de madera. En la calle de Alboraya había algún bullicio de herramientas menestrales, la sierra mecánica de un carpintero, el soplete de un taller eléctrico donde un viejo en guardapolvo azul y gafas en la punta de la nariz arreglaba magnetos y baterías, el carro del paragüero, el silbato del entrenador del Levante, la música que traía la brisa desde la Alameda los días de feria cuando a última hora de la tarde sobre las norias y los tiovivos ya paralizados sonaba la canción Oh main papá junto con los ramalazos de un denso perfume de buñuelos de calabaza.

Con el viento sur las aulas de derecho y de filosofía olían un poco a cebolla. La huerta enviaba a la facultad la esencia de todos sus productos que se unía a los distintos saberes de la inteligencia. Los estratos del alma estaban igualmente formados por el serrín mojado de los billares Colón y el amoniaco del urinario público de la plaza del Caudillo que hacía amalgama con el mercado de flores que había en el sótano. El olor a pólvora, el estruendo de los cohetes, el hedor del sol cuando fermentaban las alcantarillas, el destartalamiento general hecho de gritos y destellos de los colores abigarrados. El sonido más profundo lo producía la luz. El aroma más delicado nacía de la sal que después de traspasar la brea del puerto llegaba desde el mar a la ciudad y dentro de ella se mezclaba con el desinfectante de los cines, con la margarina recalentada de la cafetería Hungaria, Lauria, Barrachina. Un estrato entero del alma lo ocupaba el sabor dulzón que emanaban las butacas raídas del teatro Ruzafa. En él reinaba Gracia Imperio, ella sola. Y después estaba el sudor y las campanas de los tranvías y los raíles que rechinaban dentro del bochorno del asfalto hervido. Había un camino interior que yo recorría a través de ese sudor hasta la playa de la Malvarrosa en la abarrotada plataforma del tranvía. En medio de los cuerpos pegajosos estaba aquella chica valenciana agarrada a la barra con el brazo en alto que dejaba al aire la axila empapada y ella vestía una falda bajo la cual podían adivinarse sus ancas partidas y llevaba una blusa de flores muy repleta de senos. Las sacudidas del tranvía hacían trabajar las caderas de los viajeros para mantener el equilibrio pero algún vaivén más violento formaba oleadas de carne apelmazada y de pronto te veías incrustado en los cuerpos de alrededor y de ellos sorbías el sudor y el aliento. Ese día un señor de mediana edad, muy flaco y con bigotito había ido reptando entre la masa del tranvía hasta colocarse de pie en la plataforma muy pegado a aquella chica de las ancas partidas que tenía traza de ser una pescadera del Grao, muy bragada. El tranvía rodaba por la avenida del puerto.

Otras veces el mismo sudor se establecía en los trenes eléctricos que salían de la estación de madera. La gente que iba a la playa en verano llevaba las piernas fuera de las ventanillas y muchos cantaban a coro cuando el convoy atravesaba un campo de alcachofas o tomates y el sol de cuarenta grados olía a verduras pero de repente en el vagón entraba un filo de sal lleno de frescor y a éste seguía al instante el horizonte azul.

En el tranvía de la Malvarrosa aquel día el hombre del bigotito estaba metiendo mano a aquella chica. Con un trabajo muy lento primero le tocaba un muslo. Luego se apartaba. Después recuperaba la posición un poco más arriba. Yo contemplaba su trabajo científico y veía que la mujer estaba inquieta pero el hombre insistía y aprovechando alguna embestida del tranvía ganaba una nueva cota hacia la meta. De pronto dijo la chica tranquilamente en voz muy alta: Ja té vosté la mà en la figa. I ara qué fem? Ya tiene usted la mano en el coño. ¿Y ahora qué hacemos?

Sabía que una de aquellas tardes de dulce primavera mi vida iría a parar a la pensión de la Nueva Torera para caer finalmente en brazos de la China. Con ella me sentía amparado. Me encontraba protegido con la máscara del hijo de un fabricante de zapatos que había muerto, de forma que yo era simplemente un doble y actuaba por cuenta ajena sin responsabilidad alguna. Antes de llevarme a la cama, la China quiso que la invitara a una ración de caracoles en los Toneles. Íbamos caminando los dos por la calle Ribera y la chica, haciéndose la fina, se colgó de mi brazo como una señorita enamorada pero al entrar en la tasca los Toneles se encontró con que en la barra estaba el luchador Blasco mordiendo una albóndiga con el diente de oro. El hombre miró a la China de arriba abajo, muy mal encarado. Luego se fijó en mí.

—Corres mucho peligro yendo con ésta —me dijo.

—No hagas caso —exclamó la China.

—¿No sabes que esta chica tiene un novio que es campeón de Europa de lucha libre?

—¿Ah, sí?

—Te puede romper un hueso sólo con mirarte.

—Este muchacho es un amigo mío. Acaba de resucitar. Dejadlo tranquilo —dijo la chica alegremente—. ¿Habéis visto a ése?

—No.

—¿Por dónde anda?

—Hace unos días que no viene por aquí.

Junto al luchador Blasco estaba otro colega, el fino culturista Esparza, rival suyo en el cuadrilátero. Esparza con maneras más educadas también me advirtió que me cuidara, aunque me lo dijo riendo. La China quería provocar a su amante, el campeón Pizarro, y por eso me había traído al bar donde ella sabía que lo podría encontrar.

—No digo que te mate —añadió Esparza—. Pero bastará con que te toque para que ya no lo olvides nunca.

—No hagas caso —repitió la China mientras sacaba la molla de los caracoles con un palillo—. Sólo tienen envidia. Parecen muy fuertes, pero son muy cobardes. ¿Así que no habéis visto a ése? Cuando le veáis decidle que mi novio ha resucitado y que me he ido con él.

Suponía que si el campeón de Europa me rompía el cuello con una llave de catch sería el hijo de un fabricante de zapatos el que moriría otra vez y no yo. Algo parecido seguía pensando cuando pasé cogido del brazo de la

China por delante del Ruzafa donde ponían esa tarde la zarzuela Los Gavilanes. Si en los brazos de aquella mujer hacia el ridículo sería otro el humillado, pero también todas las palabras de amor que la chica pronunciara, el placer que experimentara y todos sus gemidos atravesarían mi alma sin tocarla para ir a parar al alma de un muerto. Y no obstante la China juraba que se moría de deseo por mí. Lo decía mientras me llevaba de la mano como a un hijo por aquellos peldaños de madera que liberaban un crujido con una nubecilla de polvo en cada pisada durante mi ascensión acongojada a la pensión de la Nueva Torera que estaba en el tercer piso.

La habitación daba a un patio de luces. Se componía de un armario, una mesilla de noche, una silla y una cama con cabecera de hierro.

—Lávate, primero —me dijo la chica dándome un suave pescozón en la mejilla.

—Qué.

—Lávate eso, anda.

El cuarto de baño estaba al fondo del pasillo. Furtivamente pisando blando como un ladrón llegué al lavabo, de donde en ese momento salía un viejo con pijama que me miró casi alarmado. En una salita había algunas chicas que parecían coristas. Estaban sentadas a una mesa camilla jugando al parchís con una señora mayor que tenía la espalda

cubierta con una toquilla de lana azul celeste.
Toda la pensión olía a coliflor. El cubrecamas
de cretona algo raída lucía una escena estam-
pada en vivos colores que representaba a un
negro de la selva con una lanza en el momento de ensartar con ella a un jabalí que tenía
las fauces abiertas con todos los colmillos
bien visibles. La China ya estaba desnuda y
sentada sobre esa figura cuando volví a la habitación. Vi sus grandes pechos blancos, su
vientre partido por la marca que en él había
dejado la goma de las bragas, sus muslos cerrados, el pubis. Ella comenzó a desnudarme
mientras decía: Manuel, Manuel, te voy a enseñar cómo tienes que tratar a las mujeres,
después de tanto tiempo aún no has aprendido. Ven, ven, ven. Me derribó sobre ella a lo
largo de la cama, de modo que la cabeza del
negro caía al lado de su hombro, debajo de
mi cara. Comenzó a jadear. Al parecer la habitación daba a un patio de luces comunica-
do de alguna forma con las cajas del teatro
Ruzafa porque se oía con cierta nitidez la
música de la función de la tarde. La boca
abierta del jabalí se veía entre los muslos se-
parados de la China y con el vaivén parecía
que la lanza del negro se incrustaba en mi
vientre. No había caricias en aquel combate.
La chica balbucía frases inconexas después de
pronunciar mi nombre Manuel que también
era el del novio muerto. Decía que no había

podido olvidarme desde aquel día en la playa y que estaba segura de que no volvería. Yo nunca había ido a la playa con aquella chica pero no me importaba que estuviera hablando con un muerto puesto que sólo estaba obsesionado por salir vivo de aquel oleaje de su cuerpo lleno de sudor que me arrollaba. La lanza del negro iba y venía. Lo mismo hacía la boca del jabalí bajo los riñones violentos de la China. En medio de los gemidos y el crujido de todos los hierros de la cama llegaba desde el escenario del Ruzafa por el patio de luces la voz nítida del tenor de los Gavilanes que cantaba: soy joven y enamorado/nadie hay más rico que yo/no se compra con el oro/la juventud y el amor/. Este estribillo lo repetía el barítono y alcanzó el acorde final cuando la China dio un grito y me mordió la clavícula como si fuera el jabalí pero yo hacía un rato que había terminado. Entonces ella se incorporó sobre mi cuerpo, me miró de forma extraña, llena de saliva y ligeramente hinchada todavía de placer y me preguntó muy suave:

—¿Quién eres?

—Manuel —le dije.

Había caído la pascua en mitad de abril y ya estaban todas las flores reventando. El Jueves Santo a media mañana me encontraba en la plaza del pueblo cuando llegó la noticia. Vicentico Bola se había matado con la moto. Acababa de hablar con él. Bola había pasado por el club recreativo para pedirme que le acompañara a Castellón. Le dije que no podía. Yo estaba esperando al panadero Ballester para ir a un bar de camioneros en Nules regentado por dos rubias atómicas que se llamaban las Piqueras y que movían el culo muy ceñido detrás del mostrador mientras servían la mejor ensaladilla rusa de la comarca. A Bola esa ensaladilla era lo que más le gustaba, pero ya no podría comerla nunca más. La desgracia cundió en seguida por todo el pueblo. Una anciana de negro cruzó por la calle San Roque y al pasar por delante de Comestibles Sanahuja, bajando un poco la cabeza, marcó sobre su pecho la señal de la cruz. Según decían algunos, Vicentico Bola se había matado en una curva de la entrada de Villarreal, frente al almacén de Azuvi, pasada la cruz de los caídos. Parecía sentenciado. Todos los que veían a aquel gordinflón encima de la vespa se preguntaban quién iba a durar menos, si la moto o el dueño. En el accidente la máquina había quedado intacta; en cambio Vicentico Bola murió aplastado por su propio peso. Eran 130 kilos a cien por hora.

Hacia el mediodía en el seiscientos fui a Villarreal en compañía de mi hermano José María, el panadero Ballester y Manolín Aznar, que era oficial de banco. Primero paramos en aquella curva de la carretera general por ver si había alguna huella de sangre sobre los adoquines. No quedaba ninguna señal y los camiones cargados de naranjas seguían pasando ajenos a la tragedia. En un taller de las cercanías nos dijeron que al muerto se lo habían llevado a la casa de socorro todavía vivo, que preguntáramos allí o en el juzgado.

La casa de socorro tenía un amplio recibidor de azulejo blanco presidido a medias por un crucifijo y el retrato de un Franco cuarentón. Había por allí un hombre que parecía el conserje, un tipo fortachón, de pelo ensortijado, carrilludo.

—¿Qué desean?

—Somos amigos del chico del accidente —dijo Manolín.

—¿De qué accidente? Esta mañana ha habido dos.

—Un chico muy gordo.

—Ese ha muerto ya —dijo el hombre.

—Entonces, nada.

—¿Quieren saber algo más?

—¿Dónde se lo han llevado? —preguntó.

—A la viña de Ferreres.

—¿Eso qué es?

—El cementerio.

—Ah.

—Mala potra ha tenido vuestro amigo —dijo el tipo ya en plan amigable—. Yo mismo le he asistido. Soy practicante. Claro que no había nada que hacer. Cuando lo trajeron y vi que le salía un hilo de sangre por las orejas y otro por un lado de la boca, en seguida pensé que se había roto la base del cráneo. Y eso, amiguito...

—Es grave, ¿no?

—¿Grave? Eso es lo peor que le puede pasar a uno. Si se rompe la base del cráneo... ¡Colorín, colorado!

—¿Estaba vivo cuando llegó aquí?

—Agonizaba.

—¿Dijo algo?

—Me pareció oír que pronunciaba la palabra champán. Eso quise entender. Champán, champán, decía.

En un rincón había una mesa con una carpeta de hule y un tintero seco, lleno de moscas. El practicante tiró del cajón, echó el tronco hacia atrás, pegó la papada al pecho y palpó por debajo de unos papeles.

—Aquí tengo sus efectos personales. Poca cosa. Un reloj, la cartera y... esta foto. ¿Conocen a la chica?

—A ver.

—¡Es la pelirroja Catalina! —exclamé muy sorprendido—. ¿Qué hacía ésta en la cartera de Bola?

—¿La conoce?

—Es una cabaretera del Rosales.

—También llevaba unos guantes viejos. Se los dejé puestos. ¿Para qué los quiere la familia? Y esto, miren.

—¿Qué es?

—Unos condones, marca Frenesí. Todo esto tiene que pasar al juzgado.

—Yo conozco al secretario —dijo Manolín—. Tal vez ese señor podría hacer algo.

—Si usted se refiere a lo que estoy pensando, no hay nada que hacer —contestó el practicante—. La culpa ha sido del gordo. Conducía perdiendo el culo y en la curva se le ha ido el pulso, según han testificado algunos testigos. Tenía demasiado volumen para tan poca máquina. Así me lo han contado y así lo he redactado.

El practicante sacó una cuartilla y leyó en alta voz muy entonado: «En el kilómetro 58 de la carretera 340 de Valencia a Barcelona la motocicleta conducida por Vicente Sanahuja, vecino de Villavieja, de 32 años, se estrelló violentamente contra otro motorista, natural del mismo pueblo, que venía en sentido contrario. Como resultado de la colisión Vicente Sanahuja quedó con heridas de carácter gravísimo. Trasladado a la casa de socorro de Villarreal, el practicante de guardia le apreció ruptura de la base del cráneo. Instantes después falleció.»

El practicante agitó el papel en el aire y exclamó con orgullo:

—Esto saldrá mañana en los periódicos.

El cementerio estaba al final de un camino de polvo amarillo que conducía a él expresamente, en medio del naranjal. Aparecieron primero unos cipreses sobre la tapia blanca y en seguida una gravilla azulada comenzó a bullir bajo las ruedas. Al parar el motor del coche junto a la cancela en el silencio se fue perfilando y tomando fuerza una musiquilla que resonaba nítidamente: Dios te ha dado la gracia del cielo, María Dolores/y en tus ojos en vez de miradas hay rayos de sol/. Manolín se volvió hacia mí y dijo:

—Nos reciben con un bolero.

Detrás de la cancela se abría un zaguán alto y destartalado. A la izquierda había una puerta entornada; a la derecha, un cuartucho sin puerta; enfrente se veía el jardín del camposanto con pasillos enmarcados con líneas de geranios y cipreses y tumbas de mármol que centelleaban. Un hombrecillo que en seguida se vio que era el sepulturero apareció al oírnos llegar y casi sin mirarnos, dijo:

—Está ahí, en ese cuarto.

El sepulturero tendría unos cincuenta años. De pelo gris, segado y espeso y, al parecer, duro como el alambre; la cara terrosa con los huesos del pómulo como dos nueces; de ellas bajaban unas arrugas profundas cerrando entre paréntesis una boca endurecida con dientes de caballo. El hombrecillo tenía entre manos media hogaza hendida con una navaja. Por la raja del pan asomaban unas longanizas con tomate. De cuando en cuando el sepulturero las comprimía con los dedos. Le seguían dos o tres gatos.

—Pasen, pasen, si quieren verlo.

El hombre hablaba con el interés de un coleccionista. Abrió la puerta de la izquierda e insistió:

—Pasen, pasen.

Sobre una mesa de piedra destacaban en primer plano los zapatos embarrados con la punta hacia el techo. Vicentico Bola estaba extendido en lo alto entre cuatro paredes blanqueadas, bajo la claraboya del techo que repartía una luz difusa a todo su cadáver. En un rincón había un montón de serrín junto a una caja de pino, sin pulir, que era el ataúd de los vagabundos. Bola aún tenía los ojos abiertos y en ellos había un brillo metálico, como cuando estaba borracho. Los gordos mofletes se le habían estirado mucho y en la sien se le veía la marca del golpe mortal contra los adoquines de la carretera, un tumor cárdeno, con ribetes de color violeta entreverado bajo una grencha de pelo sucio de sangre. El pecho lo llevaba forrado con periódicos y al abrirle un poco el jersey se podía leer la cartelera de espectáculos que se presentaba en Valencia el domingo de Resurrección. Recuerdo muy bien que en el Capitol iban a estrenar Un tranvía llamado deseo y en el Apolo se presentaba una revista de Irene Daina con Alady según se anunciaba en el tronco del difunto.

—No ha cambiado. Es la misma cara —dijo el panadero.

—Tiene la boca un poco amoratada.

—Pero no se ha hinchado.

—Aún es pronto para eso —murmuró el sepulturero—. Acaba de llegar.

—Bola ya estaba gordo de por sí. ¿Tiene que hincharse más todavía?

—Pues éste ya está bien aquí hasta mañana —añadió con la boca llena el sepulturero—. Tienen que hacerle la autopsia y el forense ya no vendrá hoy.

El hombrecillo dejó la merienda junto a la pantorrilla de Bola y casi con mimo le acomodó el flequillo sobre la frente y luego con ambas manos trató de cerrarle la boca comprimiéndole la cabeza por el cráneo y el mentón, pero no lo consiguió del todo.

—Bueno, algo es algo.

El hombrecillo cogió la media hogaza y cuando se disponía a salir preguntó:

—¿Ustedes llevan prisa?

—No, nosotros, no.

—Pues si quieren que les invite a un vaso de vino, síganme. Me han pillado comiendo.

Salimos del cuartucho.

—Vengan, vengan.

Al cruzar el zaguán por donde se entra en el jardín, a la izquierda estaba una mujer sentada en una silla con el respaldo contra la lápida de un tal Nebot, muerto en 1930. Tenía a los pies una cesta con retales donde reposaban el transistor y una botella de vino.

—Es Amparito, mi esposa —dijo el sepulturero.

La mujer estaba zurciendo unos pantalones al sol de Jueves Santo y unos gatos con el rabo sarnoso maullaban exigiendo alguna miga al gobernador del cementerio. Éste se volvió para decirnos:

—Nosotros vivimos ahí.

Señaló una chabola adosada a la pared con una cortina de cañas en la puerta. Daba la sensación de que podía hundirse de una pedrada.

—Amparito, trae unos vasos para que puedan beber estos señores.

Sentado en aquella solana de nichos había sobre mi cabeza el cielo más azul posible.

Un gorrión macho se acercaba a saltitos en busca de una miga muy cerca de mis pies. Sin estrategia alguna el pájaro avanzaba jugándose el tipo. Era muy extraño que en el cementerio los gorriones convivieran con los gatos.

—Aquí todos somos amigos —dijo el sepulturero ofreciéndonos un vaso de vino.

Aunque era Jueves Santo algunas cuadrillas habían trabajado en la recolección de la naranja esa mañana y en los caminos se veían pilas de cajones con el nombre del comercio estampado en la madera. Monsonís. Safont. Piquer. Hacía un sol perfumado ya que todo el azahar estaba abierto y en los hornos también olía a confitura. Al llegar al pueblo, de vuelta de Villarreal, la gente preguntaba.

—¿Le has visto?

—Sí.

—Y ¿es verdad que está muerto?

—Sí.

—¿Del todo?

—Sí.

La puerta de la iglesia estaba de par en par y algunas mujeres adornaban el monumento con lirios y trigo híbrido. Los santos permanecían detrás de los paños morados. Había un aire muy físico, casi pastoso y las palomas con las alas pintadas de rojo volaban hacia el castillo y en el ambiente de la tarde cargada de pan quemado toda la gente tenía el muerto en el cerebro. La iglesia rebosó de fieles durante los oficios; en los bares muchos jugaban al julepe bajo una humareda compacta; se veían trajes oscuros y pendientes largos; el campo se había paralizado al mediodía y ahora sobre los naranjos estaba cayendo un crepúsculo muy dulce y aunque el centro de las plegarias ese día siempre había sido Cristo que iba a ser encarcelado, este año el protagonista de la pasión era Bola sin duda alguna. Todo el mundo hablaba de él en voz baja. Esa noche de Jueves Santo hubo una procesión, a la que asistieron todos menos el accidentado que aún permanecía en el cementerio de Villarreal con los ojos abiertos encima de la piedra. Pasaba en andas la Virgen llorando y detrás seguía la figura de Cristo atado a la columna y una brisa de primavera apagaba los cirios de los labradores endomingados y al cruzar por delante de las panaderías salía un vaho de mona de pascua muy suculento. La banda de música tocaba una marcha lenta muy apta para enterrar a cualquiera. Alguien cantó una saeta. Mientras se oía aquel grito lastimero uno a mi lado decía a otro con el hachón en la mano.

—¿Cuándo lo traen?

—Mañana. Primero tienen que hacerle la autopsia.

—Tenía que acabar mal.

—Claro.

—¿Sabes quién ha venido?

—Quién.

—La rata Marieta. Está en lo de Lúcia. Cobra tres duros.

—¿Se lo has contado?

—Le he dicho que se largue. Que se había matado uno del pueblo con la moto.

—¿Qué te ha contestado?

—Que esperará, porque alguno siempre acabará por caer.

Cuando la saeta terminó, la procesión se puso en marcha de nuevo. Las figuras de la pasión habían pasado por delante de Comestibles Sanahuja cuya puerta tenía un crespón negro allí donde antes colgaba la piña de plátanos. Después hubo en la iglesia una hora santa y ante el monumento se turnaron en oración cuerpo a tierra durante toda la noche los miembros de la Adoración Nocturna y en el bar Nacional la silueta del camarero Joanet el Caque se abría entre la niebla de los farias y caliqueños. Sonaban palmas. ¡¡Voooy...!! En las mesas del bar ni siquiera se hablaba de la cosecha de vernas. Bola seguía siendo el rey. Todos contaban sus hazañas. También recordaba yo aquella tarde en que me llevó al cabaret en el taxi de Agapito y el golpe de estado que dio un domingo absurdo y tedioso de verano en un lugar perdido del Maestrazgo. Había sucedido un año antes. Caía el bochorno del mes de julio sobre los sillones del club recreativo y cultural allí en la

plaza. Para matar la tarde Bola propuso a Manolín Aznar ir a cambiar el alcalde de cualquier
pueblo de la serranía; al instante llamaron al
taxista, encendieron los respectivos habanos y
partieron hacia Castellón y allí tomaron la carretera de Alcora y se adentraron por los mon-
tes y al cabo de media hora apareció un pueblo
diminuto coronando una cima, creo que se llamaba Chodos, y en él fijaron su objetivo. Después de infinitas curvas llegaron a ese villorrio.
Pararon frente a la iglesia. Preguntaron por el
alcalde y una vieja les dijo que se llamaba Teodoro el Gronota y que en ese momento le
encontrarían en el bar. Gordo y bien trajeado
Bola imponía. Manolín parecía un chupatintas
a su lado. Cuando entraron en aquel colmado
donde además de una cafetera y una estantería
con coñac también vendían alpargatas y salazones, las tres mesas que estaban jugando a las
cartas callaron.

— Vengo de parte del gobernador —dijo Bola en voz alta, llena de autoridad—.
¿Quién es Teodoro el alcalde?

— Servidor —exclamó un viejo incor-
porándose.

— Queda destituido.

— ¿Y eso? —balbució el interesado.

— Órdenes de arriba. Usted sabrá. ¿O
quiere que lo cuente en público? —preguntó
Bola enarcando la ceja en señal de amenaza.

— Nada, nada. A sus órdenes.

Bola miró alrededor y eligió con el puro habano a un paisano que en otra mesa estaba jugando al robi. Tenía los mofletes sonrosados y se le vio una calva muy blanca cuando con todo respeto se quitó la boina.

—¿Usted es adicto al Movimiento? —le preguntó Bola.

—Totalmente adicto a Franco —dijo el elegido—. Maté tres maquis seguidos en el año cuarenta y siete. Que lo digan éstos.

—¿Es verdad eso? —preguntó Bola al cotarro.

Al ver que todos asentían Vicentico Bola cerró el trato.

—¿Cómo se llama usted?

—Federico Masip, para servirle.

—Queda usted nombrado alcalde del pueblo. Firme aquí.

Dieron media vuelta, hubo algunos taconazos y en el taxi partieron Bola y Manolín hacia la Plana. Al llegar a Vilavella en el club recreativo y cultural funcionaba una timba de julepe y los dos se incorporaron a ella, pero ahora en esta noche de Jueves Santo desde el bar Nacional donde se contaban estas historias, también se oía al predicador de la hora santa cuyos gritos estaban a favor del amor hermoso y entonces Manolín Aznar propuso a unos cuantos ir a condecorar a Bola en el taxi de Agapito al cementerio de Villarreal bajo la luna llena. Según como se mire era un acto de amor, aunque en el viaje íbamos cantando reloj no marques las horas porque voy a enloquecer y otras canciones de Lucho Gatica.

Sabía que estábamos llegando al cementerio de Villarreal, también llamado la viña de Ferreres, porque de pronto la gravilla sonaba en los bajos del coche. Agapito llegó con el morro hasta la tapia y los cuatro portazos sonaron en el silencio de los sepulcros. Había plenilunio de pascua. Era una noche muy azul, pero los naranjos estaban empastados en una claridad lechosa y el azahar olía profundamente.

—¿Cómo entramos, eh, tú?

—Toca el claxon, a ver.

Sonó en el descampado el claxon del taxi mientras Manolín y el panadero meaban. El enterrador no daba señales de vida siendo el único que allí podía darlas. Tiré una gleba por encima de la tapia tratando de acertar en el tejadillo de su chabola.

—¡Eh, que estamos aquí! ¡Abra la cancela!

El claxon estuvo sonando hasta que de repente vimos la aparición. Desde el jardín del cementerio venía avanzando hacia el zaguán una figura con un cirio encendido en la mano. Venía descalza entre las tumbas y llevaba un camisón largo y una toquilla en los hombros. Cuando llegó a la cancela su rostro bellísimo bajo el resplandor de la vela se manifestó ante nosotros detrás de los hierros. Era una niña de unos 15 años que dijo ser sobrina del enterrador. Estaba sola en el camposanto esa noche.

—Mis tíos se han ido —dijo.

—Somos amigos del muerto.

—¿Vienen a tomarle medidas para la caja? —preguntó la niña.

—Venimos a condecorarle.

—Ah.

La niña abrió la cancela del cementerio y bajo la bóveda del zaguán donde resonaban las voces dijo que sus tíos habían ido a Almazora y que ella tenía órdenes de esperar hasta las doce de la noche a un carpintero que vendría a tomarle medidas al difunto. Sus tíos estaban a punto de volver por si queríamos algo especial. Con la vela encendida la niña nos condujo al cuarto de la derecha. Al pie de la mesa elevó el brazo y el cadáver Vicentico Bola se exhibió con una palidez extrema ante nosotros. Tenía un ramo de claveles a los pies.

—Ha venido esta tarde una chica de la capital y ha dejado estas flores.

—¿Cómo era?

—No sé.

—¿Era pelirroja?

—Sí.

—¿Con toda la cara llena de pecas?

—Y con tacones muy altos.

—¿Qué ha hecho?

—Venía con unos amigos pero ha entrado ella sola, toc, toc, toc, con los tacones y se ha pasado un rato con el difunto y ha llorado con el pañuelo en la boca, después lo ha besado en la frente, ha dejado el ramo de flores y se ha ido. Este cuarto ha olido a colonia más de una hora.

La niña bellísima mantenía en alto la vela sobre el cadáver de Vicentico Bola que proyectaba su sombra en la pared. Manolín sacó del bolsillo un tapón de champán Codorníu adornado con un lazo rojo. Prendió con un imperdible esta condecoración en el jersey del cadáver a la altura de la tetilla izquierda y luego a modo de saludo dio un cabezazo.

—Se ha ido al otro mundo sin pagarme las trescientas pesetas de la máquina de afeitar —dijo Manolín después de condecorarle.

—¿Cómo era?

—Era una Braun. Era alemana.

La niña nos despidió en la cancela, apagó el cirio, se fue hacia el jardín del cementerio sólo iluminada por la luna llena de Jueves Santo y nosotros regresamos al pueblo cantando mujer si quieres tú con Dios hablar/pregúntale si yo alguna vez te he dejado de adorar/el mar espejo de mi corazón/las veces que me ha visto llorar la perfidia de tu amor.

El Viernes Santo en medio del azahar Dios estaba absolutamente muerto. Bola también. Pero éste tuvo muchas más complicaciones para ser enterrado. El forense le hizo la autopsia a las diez de la mañana. Sólo realizó una faena de aliño, de la cual le quedó un corte en la sien que el practicante había suturado con esmero. En ese aspecto Vicentico Bola ya se encontraba listo para la eternidad. El primer obstáculo surgió cuando en tres funerarias se le dijo a la familia que no había existencias de féretros, según catálogo, a medida del difunto. Aunque la familia y los amigos nos habíamos movilizado en varias direcciones no se encontró un carpintero en las Alquerías del Niño Perdido hasta la tarde del día de autos. Éste se había empeñado en echarle primero un vistazo al tonelaje del muerto pero no había acudido al cementerio. A última hora se le dijo que fabricara a ojo una caja de pino melis para una carga de 150 kilos contando que debería incluir un forro de zinc según las normas de sanidad. Estaba todo paralizado en la comarca. Por la carretera no pasaba ningún camión de naranjas. Los bares y los comercios se hallaban cerrados. Sólo en las Alquerías del Niño Perdido un carpintero trabajaba fabricando el féretro de Bola y los martillazos se oían desde lejos en el silencio del Viernes Santo.

Me acordaba que de niño ese día al amanecer siempre iba a cazar pájaros con red junto a la casa de Lúcia en el camino de Vall de Uxó y que hasta allí la brisa de pascua, doblando ligeramente el espliego y la lavanda del monte, traía el rumor de un cántico del vía crucis: perdona a tu pueblo, Señor, perdona a tu pueblo, perdónele, Señor, no estés eternamente enojado... y yo estaba escondido en una pequeña cabaña fabricada con palos esperando que bajaran los pájaros a comer semillas de cáñamo y alpiste para tirar del aparejo. Aquella casa de campo pertenecía al político valenciano Luis Lúcia, fundador de la Derecha Regional y aunque estaba abandonada aún conservaba intacto el esplendor burgués en la balaustrada y en los pinos centenarios del jardín, en algunas diosas de yeso derribadas y en los bancos de azulejos. Mientras sonaba el rumor del vía crucis salía el sol por la mar de Burriana y las bandadas migratorias cruzaban hacia el norte en forma de lanza esa mañana de Viernes Santo.

Ahora la casa de Lúcia se hallaba casi en ruinas con las buganvillas y madreselvas

muertas y la veranda de balaustres caídas sobre la fuente que en mi niñez manaba todavía. En el jardín de esa casa campestre rodeada de cien hanegadas de naranjos se había
instalado la hermosa mendiga Marieta para
recibir la visita de algunos eyaculadores huertanos que sin duda esta vez también harían
cola bajo los pinos y las palmeras. Este día de
Viernes Santo la rata Marieta oiría las plegarias del vía crucis al amanecer cantadas por
los fieles del pueblo y si la brisa iba en buena
dirección también le traería en el silencio del
campo el sermón de un canónigo de Valencia
que reclamaba con grandes voces la miseri-
cordia de Dios en la plaza al pie de una gran
cruz de madera cargada por un encapuchado
que era el mudo de la localidad. La comitiva
del vía crucis había pasado por delante de
Comestibles Sanahuja, cuyo propietario estaba más muerto que nadie. Vicentico Bola había sido el primer caído de la motorización
que estaba a punto de llegar y en este sentido
se ofrecía como víctima del progreso.

Con las manos en los bolsillos al sol de
primavera la gente estuvo esperando toda la
mañana a que llegara el cadáver, pero el carpintero de las Alquerías del Niño Perdido
aún estaba dando martillazos al féretro y no
remató la labor hasta pasadas las seis de la
tarde mientras en la iglesia se celebraban los
oficios de tinieblas. Era un día esplendoroso

de abril con todos los hornos trabajando la masa de la mona de pascua y el perfume de pan
quemado que salía de la profundidad de las
tahonas se mezclaba con el azahar y aunque
Cristo había muerto y lo mismo había hecho Bola el corredor de naranjas del comercio de Monsonís vino a casa a pagarle la cosecha de verna a mi padre y como era día de
ayuno y abstinencia mi padre se balanceaba
en la mecedora lleno de felicidad sólo con un
vaso de agua fresca en la mano frente a aquel
hombre que no paraba de sacar billetes de un
saquito de llevar la merienda.

Por la tarde hubo una gran partida de
julepe en el club recreativo y cultural; en el
bar Nacional seguía abriéndose paso Joanet
el Caque con la bandeja, ¡¡voooy!!, entre la
humareda de caliqueños y sonaban los tam-
bores a la caída del sol anunciando la procesión del entierro de Cristo pero al féretro de
Bola aún le estaban dando una mano de pulimento. Quedó listo siendo ya noche cerrada.
Primero se efectuó la procesión del santo se-
pulcro. La banda de música hizo sonar la
marcha fúnebre de Chopin y la urna de cristal que contenía a Cristo muerto pasó por delante de Comestibles Sanahuja y la Virgen
vestida con un manto negro seguía detrás de
su hijo, pero el cadáver auténtico no acababa
de llegar y las mujeres se amontonaban en las
esquinas; se santiguaban ante las figuras de la

pasión y todos los varones del pueblo llevaban el cirio en la mano y el cura Fabregat
junto al predicador de las Siete Palabras, el
canónigo valenciano Elias Olmos Canalda,
iban detrás de los tres clavarios encorbatados
que lucían el pescuezo recién trasquilado por
el mismo barbero y a éstos seguían algunas
penitentes descalzas.

Cuando la procesión del santo sepul-
cro terminó, toda la gente permaneció en la
plaza esperando el entierro de verdad que
contenía un cadáver auténtico, pero éste no
llegó hasta las once de la noche después de
haber sido lacrado su estuche de zinc. Aún
estaban calientes los cirios y en eso se oyó un
claxon que daba pitidos rituales y el público
que llenaba dos o tres calles guardaba silencio a medida que el furgón con el fiambre se
abría paso lentamente hasta la casa del interesado. A continuación se hizo el entierro pero antes los amigos aún pudimos asomarnos a
una pequeña ventana que había abierto el
carpintero sobre el rostro del difunto y a mí
me parecía que la autopsia había dejado a
Bola sonriendo. También se veía el tapón de
champán Codorníu con que había sido con-
decorado. El féretro estaba depositado en el
suelo de la tienda y lo coronaba una batería
de chorizos, embuchados, piñas de plátanos y
pencas de bacalao que colgaban de las paredes, así como una bota de sardinas secas en

un caballete. Los amigos portamos a hombros el féretro hasta la puerta de la iglesia, a menos de cien pasos, pero hubo que doblar el tiro debido a semejante carga y en la puerta de la iglesia esperaba la carroza que se estrenaba precisamente ese día, tirada por el mismo caballo del Tramuser que todas las mañanas también arrastraba el carro de la basura. La carroza era como la de Drácula pero tenía más faroles y la caja entró de milagro en su panza acristalada; el caballo estaba inquieto por el rumor del gentío unido al cántico del gorigori y por el entorchado y las gualdrapas con que lo habían adornado. Y sobre todo porque era de noche.

En el entierro intervino la banda de música. Abría la comitiva una docena de pobres a los que una sociedad de seguros El Ocaso les proporcionaba un cirio y les daba un duro por llevarlo bien recto. Seguía el sacristán con la cruz y los monaguillos. El dúo Robres y Rovell, que cantaba las tinieblas, iba delante del cura que se adornaba con la capa pluvial negra y oro y el pueblo entero formando una masa oscura bajo la luna llena de pascua levantaba un gran silencio detrás de la banda de música cuyo primer acorde con los platillos y el bombo espantó al caballo en la bajada que hay hasta la plazoleta de Santa Bárbara y a punto estuvo de suceder una desgracia pero el Tramuser desde el pescante con las riendas se hizo con aquel carromato que iba dando bandazos de pared a pared. Por el camino del cementerio la marcha fúnebre resonó en el hueco de la cantera y entre los naranjos cantaba un cuclillo. Dejaron el féretro sobre una mesa en el zaguán del cementerio, el cura le echó una paletada simbólica de tierra encima y dijo que Bola era polvo y nada más. Alguien me hizo notar que en la oscuridad de un ciprés brillaban dos brasas verdes que aun habiendo luna llena tenían una intensidad muy nítida. Estaban en el primer ciprés de la izquierda, dentro del camposanto.

—¿Sabes qué es eso?

—No.

—Son los ojos de un búho.

—¿De veras?

—Está cazando.

—Es el símbolo de la eternidad —dije—. Así consta en el Libro de los Muertos. Los faraones grababan un búho en sus tumbas por eso.

—Bola tiene un búho de verdad. Siempre le ha gustado el lujo —murmuró Manolín Aznar a mi lado.

De regreso al pueblo la gente hablaba de contratos de naranjas. En la plaza dio el pésame en fila india a los familiares de la estrella del día y siguió hablando de contratos de naranjas. Aquel año Dios todavía resucitaba el sábado de gloria.

Habíamos quedado en que al amanecer iríamos algunos a dar sepultura a Vicentico Bola. Nos juntamos en la plaza cuando el sol estaba aún dentro del mar de Burriana. Llegaron tres de la familia y el más cáustico de ellos nos dijo:

—Nada de jaleos, ¿eh?

—Bien.

—Que si os dejamos venir es porque sabemos que le queríais de verdad.

—Sí.

Todos en silencio nos pusimos en marcha clareando el día y al llegar al cementerio la puerta estaba cerrada. Sentado en el umbral con un capazo de yeso y herramientas esperaba el albañil.

—Creí que no llegaban.

—Pues ya estamos aquí.

Uno traía la llave y abrió la puerta chapada y bajo la bóveda del zaguán estaba el féretro de Bola deseando ya de una vez el eterno descanso. Dijo el albañil:

—¿Alguien quiere echarle el último vistazo?

—Venga, venga. Estas cosas cuanto antes, mejor.

Entre todos trasladamos la caja hasta el pie de una ristra de nichos que pertenecía a la familia.

—Hay que meterlo en el más alto. Es el único disponible.

El albañil tomó medidas de la boca del nicho y después hizo lo mismo con el féretro.

—No cabe. Habrá que desmochar la pared.

A golpe de piqueta el albañil comenzó el trabajo, subido a una escalera. La caja del muerto estaba a nuestros pies. Un familiar se agachó sobre ella, pasó la mano por el pulimento y dio después unos golpes con los nudillos como si llamara a una puerta.

—¡Hay que ver...!

—¿Qué pasa?

—Con qué material más malo se trabaja hoy en día. Esto es una chapuza.

A las órdenes del albañil levantamos la caja sobre nuestras cabezas y la encaramos contra la boca del nicho, todos forcejeando.

—¡Va! —gritó uno.

—¡Vaaa...!

De un empellón la caja llegó hasta el fondo lleno de telarañas y cuando el albañil se disponía a tapar el nicho con ladrillos se oyó primero un ruido seco seguido de un largo crujido y después otro golpe destartalado y profundo. El peso del féretro había vencido la base hundiéndose hasta el último nicho a ras del suelo. Bola había aplastado a todos sus antepasados.

—Eso ya no tiene nada que ver. Lo que queda es faena mía —dijo el albañil.

Entonces comenzaron a voltear todas las campanas del pueblo. Y también se oyeron varias tracas. Pasaron bandadas de palomas con las alas pintadas de rojo. La sirena de Nules estaba sonando. Caían aleluyas del campanario. Dios acababa de resucitar.

Todos los placeres pertenecían a los sentidos y parecían eternos. Todos los terrores derivaban del pensamiento y eran efímeros. Cerca del hotel Miramar en una villa de Benicasim aquel domingo de Resurrección había un guateque con música de los Cinco Latinos y de los Platers y también de Elvis Presley. Una chica francesa que se llamaba Julieta era indudablemente la reina de la playa, la primera chica que bailó descalza con unos vaqueros muy ajustados que le partían el sexo y todos los señoritos de las villas, los cachorros de la burguesía valenciana iban como perros detrás de ella. Era pintora. Llevaba una blusa negra al estilo existencialista. Tenía una belleza muy moderna, molona, fardona, con la naricilla de Brigitte, la cola de caballo y los muslos largos de tintorera. El pick-up estaba junto a la gran cacerola con sangría y ginebra donde abrevábamos. En el pick-up sonaba el Only you y Pequeña Flor y la picolísima serenata y la música llegaba desde la terraza hasta las palmeras que bordeaban la arena. Fue ésa la primera vez que me sentí elegido por destino. Estaba sentado en la escalinata del jardín y

Julieta sin conocerme vino directamente hacia mí, me cogió de la mano y me sacó a bailar dejando admirados con ese impulso imprevisto a sus amigos que eran hijos de cementeros, constructores y agentes de Cambio y Bolsa. Todos la deseaban. Cuando sonó la Barca de Lucho Gatica la chica puso la mano en mi cuello, pegó su mejilla a la mía y dejó que a veces mi vientre se encontrara con el suyo. Para aquellos niños era la pieza codiciada. Lucho Gatica cantaba: dicen que la distancia es el olvido, pero yo no concibo esa razón y entonces Julieta me dijo:

—Vámonos de aquí.

—¿Adónde?

—Vámonos.

Ella tenía la bicicleta en el jardín de la villa y por la puerta de atrás salimos cuando la tarde era absolutamente de primavera con la brisa salada y la arena estaba llena de adolescentes que hacían volar las cometas. La bicicleta tenía un pequeño cesto en el manillar y en él Julieta guardaba un libro de Sartre y una toalla. La chica me pidió que la llevara hacia el otro extremo de la playa. Se sentó abierta en el trasportín, me rodeó el tronco con los brazos y comencé a pedalear y pasando el torreón Bernat ya no había nadie, pero seguí todavía en busca de más soledad y al final sólo se veía una villa blanca, solitaria, levantada en medio de la arena. Al amparo del talud de una duna Julieta extendió la toalla y desde allí se oían los golpes que daba el oleaje, los gritos de las gaviotas sobre la marejada y sin mediar una palabra comenzamos a besarnos a plena luz de forma frenética revolcándonos junto a la bicicleta y mientras mordía aquella boca carnosa pensaba cómo había sido posible que una chica tan deseada por los dueños de descapotables y cementeras y urbanizaciones se me hubiera entregado sin exigir nada de mí, ni siquiera una palabra de amor. Es libre, es libre, me decía yo en el corazón cuando la tenía en los brazos y sentía que palpitaba todo su cuerpo. Ella no quiere nada, sino el aire y el deseo, el mar. Los sentidos. Comencé a navegar por aquel mar corporal y en seguida supe que la chica era tan pura en sus sentimientos que yo podría naufragar en ellos si no la trataba como una mujer que me había escogido sólo porque era libre.

—Dime algo inteligente —murmuró la chica—. Necesito creer que no eres como los demás.

—¿Algo inteligente? No sé.

—Lo primero que se te ocurra.

—El mar es azul —dije.

—Ah.

—El cielo es azul.

—¿De veras? —exclamó Julieta muy sorprendida.

—Julieta es azul.

—No está mal. Podremos ser amigos —dijo ella.

Comenzó a besarme otra vez y yo creía que eso era la libertad absoluta. La chica más hermosa de la playa, la piel suave, la brisa templada, el sonido de la resaca, el olor a alga, el carmín unido al sudor de los jadeos, las manos profundas, la humedad del deseo, las gaviotas. De pronto vi las botas de un militar clavadas en la arena y junto a ellas la culata de un fusil. Estaba oscureciendo. Julieta dormía. Me volví hacia el otro lado y allí había dos botas más y otra culata. Me incorporé de golpe. En silencio un corro de soldados con el arma reglamentaria montada nos había rodeado. Julieta se quedó sentada. Oí la voz de uno de ellos que preguntó:

—Mi general, ¿que hacemos?

—Llévenlos al cuartel de la guardia civil —contestó alguien a mi espalda.

Detrás del pelotón de soldados había un militar inmenso, con polainas inmensas, con una gorra de plato inmensa, con una vara inmensa azotándose las espuelas erguidas como cola de alacrán. Era el capitán general de Valencia en cuyo territorio vedado de la playa yo había besado a Julieta. Su villa estaba a un centenar de metros construida en zona marítima al borde del agua. Entonces nos cargaron en un jeep de la policía militar y nos dejaron en una sala del cuartelillo. La bicicleta, la toalla y el libro de Sartre se habían quedado en la arena, pero eso era menos preocupante que lo que el sargento estaba escribiendo en la máquina polvorienta teniéndonos de pie a los dos frente a su mesa después de haberle entregado la documentación.

—¿Qué hacían ustedes?

—Nada. Besarnos.

—Eso es escándalo público.

—Allí no había nadie.

—¿Nadie? Estaba el capitán general de la Tercera Región Militar. ¿Les parece poco?

—Nosotros sólo veíamos el mar.

—Se han besado delante del capitán general.

—Esta noche van a dormir en el calabozo —zanjó la cuestión el guardia civil dando un manotazo sobre la carpeta de hule.

El segundo encuentro con aquel general frenético acabó por despertar mi conciencia política. Desde lo alto del trampolín de las Arenas lo había visto desembarcar en la playa de la Malvarrosa y entonces me parecía un dios despótico que se apoderaba de la naturaleza creando un gran vacío a su alrededor. Oía sus carcajadas ajenas a toda culpa en medio del resplandor de la luz. Ahora había experimentado el deseo al pie de sus polainas. Sin saberlo había conocido el amor de Julieta teniendo aquellas espuelas sobre mis riñones.

No había leído a Marx todavía. Me repugnaba profundamente la escolástica y que el profesor de filosofía Muñoz Alonso explicara a san Agustín brazo en alto, arreado con correajes y camisa azul. Yo no quería ser un portador de valores eternos sino un gozador de placeres efímeros. Empezaba a creer que había más estructura en un aroma que en cualquier pensamiento, más verdad en los sentidos que en la lógica. Amaba los momentos de plenitud que se derivaban del cigarrillo que fumaba en la terraza del Kansas City, del bolero que bailaba en Chacalay, del incienso tan puro del Patriarca que el canto del gregoriano esparcía sobre el zócalo de azulejos, del acordeón que sonaba bajo los toldos y cañizos de los merenderos de la Malvarrosa. En el cuartelillo de la guardia civil de Benicasim se oían los golpes de las olas y por el ventanuco entraba una brisa salobre y hasta esa noche siempre había pensado que no tenía ningún motivo para la rebelión. Había oído muchas cosas de aquel general, se decía que había disparado sobre las ruedas de un camión que tardó tres minutos en cederle el paso, que presumía de levantar a un metro de altura a cualquier soldado de una patada en los genitales, que se había liado a bofetadas con uno en el baile del Lara, que mandaba presentar armas a Celia Gámez en la guardia de Capitanía. Eran rumores que circulaban por Valencia. Eso no me importaba nada. Yo entonces sólo creía en la plenitud de cada instante como la única forma de redención. Pero ese instante

de perfección que el destino acababa de rega-
larme, aquella piel, la sensación de libertad
de un cuerpo femenino en mis brazos, lo había aplastado el capitán general con sus polainas. A partir de ahí me hice un resistente.

Sentada a mi lado en el cuartelillo Julieta me decía que la autoridad no es nada.
Muchos héroes que se realizan en la crueldad
después llegan a casa y la mujer les pone de rodillas y les da de comer en el plato del perro.

—Pueden marcharse —dijo el sargen-
to de la guardia civil cuando ya clareaba el día.

Todas las sensaciones iban formando estratos. Mi madre había muerto un verano cuando yo estaba en el campamento de milicias en Montejaque y el capitán De las Heras me dio la noticia a la sombra de un carrasco donde colgaba un altavoz y en él estaba cantando José Luis y su Guitarra ay, ay, ay, ay, Mariquita bonita, preciosa y chiquita te doy mi querer y al llegar a casa en un tren de carbón lleno de moscas después de dos días de viaje mi madre ya estaba enterrada. Había muerto con mi nombre en los labios, según me contaron, la pobre mujer, con sus ojos verdes tan enamorados de mi padre. Don Ramón Arnau, un cura muy inteligente que venía al balneario me había ayudado a superar la crisis religiosa en mi adolescencia frente a mi padre que seguía cubriendo mi conciencia con su autoridad, era un cura que había estudiado en Múnich y que leía la Montaña Mágica en un sillón de mimbre blanco y a veces me decía: yo me afeito todos los días como un ejercicio de ascética aunque muchos me critican por eso, hoy ofreceré la misa para que gane las

elecciones Adenauer. Tenía mucho sentido
del humor y yo lo adoraba. María de los Ángeles Santana cantaba: yo seré la tentación
que tú soñabas y también había un coro de
revista que entonaba el estribillo ay Rosmarí
y los Panchos se lamentaban: no, no concibo
que todo acabó, que la vida nos separó y mientras estas melodías sonaban yo iba dejando
atrás un rastro de curas y unos habían sido sa-
bios conmigo y otros sebosos, como aquel cuyo nombre ya no guardo en la memoria, que
conocí también en el balneario siendo yo monaguillo y que después de muchos años se
presentó en la Residencia un día en que al
volver de la facultad con los apuntes de Mu-
rillo, catedrático de Político, bajo el brazo lo
encontré en el tresillo isabelino de la sala de
visitas esperando y me hizo sentar a su lado
en el sofá y sin más preámbulos dijo que yo
era un chico muy guapo y posó su mano tem-
blorosa en mi muslo y añadió que no me había podido olvidar desde aquellos tiempos en
que yo era monaguillo en el pueblo e intentó
acariciarme mientras decía sin rubor alguno:
sé que los chicos ahora necesitáis mucho dinero para divertiros, soy tesorero de la capilla
de la Virgen de los Desamparados, si quieres
dinero nunca te va a faltar. Quedé horrorizado.
Y, no obstante, eran limpias las caricias del
padre España en el confesionario del Patriarca, su olor a rapé, sus carcajadas en el despa-

cho soleado entre tablas de Juan de Juanes, y
también era elegante don Faustino, el director
de la Jumac, tan bien peinado, yo había ido dejando atrás un rastro de curas a medida que el
espacio de la fe lo iban ocupando los sentidos.
Ya no creía en Dios. Ahora todo mi interés consistía en ser guapo y atlético, por eso iba al
gimnasio a hacer barras y tomaba yogur.

Esta última primavera todavía vi cruzar a Marisa en el tranvía 8 por la Alameda; y
también viajaba al final de mayo de nuevo en
el tranvía de la Malvarrosa con un sombrerito
de paja y una cinta roja junto a la ventanilla.
Ya no la vería más. Julieta estaba en Valencia
estudiando Bellas Artes y yo la llevaba a Chacalay a bailar. Había allí una pista diminuta y
una orquestina tocaba come prima, io sono il
vento, volare y otras canciones para sudar el
amor en la penumbra, tocaba desde una gran
hornacina sobre el temblor de las parejas.
Hasta ese momento yo había tenido en el cerebro un Dios que había usado como trono el
ceño adusto de mi padre y su dedo implaca-
ble para señalarme el buen camino o fulmi-
narme. Ahora Dios lentamente se iba convir-
tiendo en el instante de los sentidos y en ese
preciso momento eran Dios las volutas del
cigarrillo Pall Mall teniendo a Julieta a mi
lado y el batería, el saxo, el trompeta y el vocalista de Chacalay cantando tanto tiempo
disfrutamos de este amor, nuestras almas se

acercaron tanto así, que yo guardo tu sabor,
pero tú llevas también sabor a mí. Con el
tiempo aquella sala se convertiría en un ta-
blao flamenco y después en un bar de niñas,
pero ahora Chacalay era Delfos iniciático para los señoritos de Valencia y allí por veinte
duros podía mirarme en el fondo del primer
gin tonic que era el estanque de Narciso.

En medio de la canción aquella tarde
en Chacalay le dije a Julieta.

—Juliette.

—Qué.

—¿No te importa que a partir de ahora te llame Marisa?

—No comprendo —contestó la chica
separándose levemente de mis brazos—. ¿No
te gusta mi nombre, Juliette?

—Sí.

—¿Y por qué quieres llamarme Marisa?

—No sé. Porque tú eres Marisa.

—¿Qué Marisa?

—Una Marisa que se llama Juliette.

—¿Marisa? —exclamó ella.

—Eso.

Cuando se acercaba el verano aparecían de noche las luciérnagas bajo los arcos
del puente de Aragón. A veces la cola de ham-
brientos llegaba hasta el pretil. Allí se es-
tablecían varias hileras de prostitutas apoya-
das en las pilastras que cobraban un duro por
ofrecerse mientras duraba una cerilla encen-

dida. Eran el símbolo del amor efímero en la oscuridad aquellas luces intermitentes que se apagaban y se encendían y por un instante iluminaban unos muslos blancos y un vástago de carne y luego desaparecían con un gemido. En aquellas noches perfumadas había una cola parecida ante la taquilla del prostíbulo El Rápido en la calle Viana del barrio de putas. A veces la China me llevaba a la lucha libre en la plaza de toros y me emocionaba contemplando en medio de gritos y escupitajos en los cogotes de enfrente el tirabuzón de Stan Karoli, el testarazo mortal de Tarrés Cabeza de Hierro, la corbata de Lambán, la sonrisa sádica de Blasco acentuada por su diente de oro, la capucha de Tupac Amaru, experto en paralizar al contrario apretándole ciertos tendones. Y además estaba el Ángel Blanco y el estilista Esparza y sobre todo el campeón Pizarro, ex novio de la China, que ante sus ojos mientras él se mataba a costalazos en la lona ella en primera fila me pasaba bocadillos de calamares que había comprado en Los Tanques, especialidad de la casa, en la calle Pelayo junto al trinquete de pelota. La gente vociferaba ¡¡tongo, tongo!!, y cierto que en el cuadrilátero los golpes eran simulados; ¡¡mátalo, mátalo!!, rugía el público comiendo cacahuetes. Pero una tarde estaba yo en los billares Colón donde Blasco era empleado y de pronto entró Esparza que venía picado y empezaron los dos a calentarse de verdad por una cuestión privada. Fue una pelea gloriosa. Los clientes recularon hasta las paredes de azulejos amarillos con el taco en la mano y a golpes ellos subieron hasta el altillo del ping-pong y desde aquella altura cayeron agarrados sobre una mesa de billar después de romper la barandilla y una lámpara. En esta ocasión Esparza había dejado de hacer posturitas de grecolatino y había entrado a la yugular con la garra. Al luchador Blasco a veces le veía en lo más alto del trampolín de la piscina de las Arenas y cuando le daba el sol de cara y sonreía el diente de oro soltaba los destellos de un rayo.

—Marisa, las luciérnagas del puente Aragón ya han aparecido. Mañana iremos a bañarnos a la Malvarrosa. ¿Te parece?

—Me encantará —contestó Julieta.

Uno de mis sueños era ser vocalista italiano, llevar un peine en el bolsillo de la solapa y enamorarlas con un bolero desde la tarima. En el barrio de Sagunto en Valencia había un baile popular que se llamaba El Petardo. Funcionaba dentro de un corralón al acercarse el verano y las mesas corridas estaban bajo un gran emparrado del que colgaban racimos de moscatel que también atraían a las avispas en la sesión de tarde. La amistad con uno que tocaba el saxo, chapista de profesión, me había dado oportunidad de actuar a veces con la orquestina como cantante. Y ahora, distinguido público, para todos ustedes... Yo salía por detrás de una pila de cajas de vino, subía al tinglado, cogía el micrófono y veía la extensión de las parejas inmóviles en la pista mirándome. El milagro se producía en seguida. Anunciaba una canción. Para todos ustedes con mucho cariño... ¡Siboney!, y el milagro consistía en que, a pesar de cantar tan mal, las parejas comenzaban a bailar y algunas se besaban y otras se abrazaban apasionadamente al sonido de mi voz y en las ban-

cadas la gente bebía grandes jarras de sangría
en camiseta de imperio con el peludo esternón al aire y durante el baile comían bocadillos e incluso pelaban naranjas y yo iba muy
elegante con la chaqueta azul con botones de
ancla plateados y el jazzband me decía: más
vale que te dediques a otra cosa, tú nunca serás nadie en la canción, pero el hecho era que
por encima del hombro de su novio una chica
me miraba desde la pista y sonreía. ¿Quién
sería esa chorva que se había enamorado de
mi estilo? Trataba de recordar su rostro. La
reconocí a mitad de la canción cuando ella
me hizo un gesto con la mano. Era la pelirroja Catalina, aquella que tenía un rubí como
una gota de sangre de pichón basculando sobre sus senos en el cabaret Rosales un día lejano que también sonaba la melodía de Siboney. Fue la primera mujer que tuve en mis
brazos mientras en el cabaret sonaba esta canción aquel verano en que Bola me llevó a des-
virgarme. Ahora ella bailaba con un tipo de unos
50 años, muy cuadrado, con bigote y arreman-
gado. Saqué todo el sentimiento que tenía en
mi alma para que la melodía sonara muy bien.
Sin duda era un aficionado y el público lo sabía,
pero juro que esta vez canté como Sinatra hasta
que se me saltaron las agallas y el distinguido
público por un momento dejó de comer bocadillos y me premió con un aplauso. Después fui a
buscarla a la mesa bajo las parras de moscatel.

—Te presento a mi marido —dijo ella.

—¿Cómo está usted?

—Catalina me ha hablado mucho de ti. De cuando os conocisteis en el baile de estudiantes en Castellón. ¿Eres cantante?

—No, no. Soy un aficionado.

—Mi marido es viajante. Representa al detergente Tú-Tú —dijo la pelirroja Catalina.

—Ah.

—¿Qué ha sido de don Vicente, el secretario del gobernador? —preguntó la chica.

—¿No lo sabes? —le dije.

—¿Qué ha pasado?

—Se mató con la moto.

—¡¡Ooooh!!

No era posible que aquella pelirroja simulara con tanta inocencia su pasado. Había participado en el crimen del cine Oriente, había sido cabaretera del Mocambo y del Rosales, entretenida de un exportador de frutas de Villarreal, su foto había aparecido en la cartera del difunto Vicentico Bola, había ido al cementerio a depositar un ramo de flores a los pies de su cadáver encima de la piedra de la autopsia. Ella era también el primer sexo que en mi adolescencia acaricié detrás de la cortina de un reservado bajo el olor a fresa y amoniaco de aquel cabaret.

—Aún recuerdo cómo temblabas —me dijo ella en voz baja—. ¿Tú no eras uno que quería salvar el mundo? Ahora eres cantante de boleros.

—¿Cómo es eso? —preguntó el representante de detergente.

—Conocí a Manuel en Castellón —contó la mujer cogiendo la mano amorosa de su marido—. Cuando él estudiaba en el instituto y yo estaba con las monjas de Loreto. Íbamos a pasear por el jardín de Ribalta. ¿Te acuerdas cómo temblabas? Manuel era muy tímido.

La pelirroja Catalina estaba mintiendo. Me llevaba más de diez años. La había conocido en un cabaret y era cierto que en sus brazos temblé de emoción una vez pero ahora ella parecía una mujer rica, ya demasiado redonda y adornada por el amor de comerciante que la había cargado de encajes, pulseras y anillos de mediana calidad. Aún llevaba la cadenilla de oro con el rubí.

—¿Quién te lo regaló?

—¡Uuuy! Me lo regaló un tío mío de Villarreal, que es exportador de naranjas, cuando saqué el diploma de enfermera.

El marido comenzó a contarme en qué consistía su negocio. Tenía que viajar todas las semanas a Murcia y a Albacete. Se había comprado un seiscientos y ahora quería explicarme las excelencias del detergente Tú-Tú, pero la pelirroja se puso suavona y me rogó que cantara algo que le hiciera recordar aquellos tiempos en que íbamos los dos cogidos de la mano por el paseo Ribalta según la ficción que ella había deseado vivir. Le pedí a los músicos que me dieran otra oportunidad. Me encaramé de un salto en el escenario, cogí el micrófono y dije ahuecando la voz:

—Y ahora para una compañera de estudios, la mujer que me enseñó a acariciar un gatito cuando yo era niño, y también para todos ustedes el bolero...

Comencé a cantar una canción de Lucuona: siempre está en mi corazón/el hechizo de tu amor/es caricia y desazón/es inquietud y dulce ardor/siempre está en mi corazón/el encanto de tu voz/ de aquel melodioso son/de tu cantar arrullador./En mis noches al soñar/vienes tú para calmar/el dolor que me quedó/de nuestra cruel separación./ Siempre, siempre yo te espero/del recuerdo prisionero/el hechizo de tu amor/siempre está en mi corazón/...

Cantaba este bolero con lágrimas en los ojos y no sabía qué mundos de sueño estaría sobrevolando la pelirroja Catalina, pero yo no hacía sino recordar aquel piano del balneario de Galofre y a la niña Marisa sentada en el sillón de mimbre blanco con su trenza de oro y sus ojos verdes un poco encapuchados, aquellos ventanales de mi adolescencia con cortinajes de terciopelo y los cristales helados con figuras de ninfas y el suelo de grandes baldosas blancas y negras que contenían esta canción. Mañana llevaría a Julieta a la playa de la Malvarrosa.

En la Glorieta me esperaba Marisa en la parada del tranvía de la Malvarrosa. Llevaba unos pantalones vaqueros muy ceñidos que le marcaban el sexo, los primeros vaqueros que se veían en Valencia, también se había puesto una blusa negra de seda y llevaba cola de caballo y una bolsa de lonilla con el bañador y la toalla y un cartapacio para pintar acuarelas. Era la primera semana de junio. Yo traía un bañador de algodón con cordoncillo y los apuntes de la Filosofía del Derecho cuyo examen iba a suponer para mí el final de la carrera al día siguiente. La chica no podía ser más francesa, incluso a simple vista, con el culito salido y la naricilla de Brigitte, tan fardona. Subí con ella a la jardinera y el tranvía arrancó hacia el pretil del río y luego se fue a buscar la avenida del puerto.

Cualquier héroe tiene que realizar un viaje de iniciación, pensaba yo sentado en la jardinera mientras me daba en la cara la brisa suave de primavera. Unos se van al desierto para descubrir la verdad, otros suben a la cima de un monte y allí reciben las tablas de la ley, unos se adentran en el bosque para rescatar a la princesa que había sido secuestrada por el dragón, otros se van a las cruzadas detrás del santo grial, algunos navegan en busca del vellocino de oro. Yo había realizado un primer viaje frustrado en el taxi de Agapito al burdel de la Pilar y ahora iba en el tranvía de la Malvarrosa junto a una chica francesa llevando un bañador de algodón y unos apuntes de filosofía.

Nos apeamos frente al balneario de las Arenas, al pie de aquel Partenón pintado de azulete donde se daban baños termales con agua de mar. En seguida oí las risas y la música que llegaban de la playa. Había una larga fachada de merenderos y casas de comidas con los nombres escritos en las paredes con grandes caracteres. La Pepica, Amparito, La Marcelina, L'Estimat, Casa Chimo. Las Carabelas, Juanet, La Perla, La Rosa, La Muñeca, La Paz, baños El Áncora. Se accedía a estos grandes comedores por detrás y se veía en las cocinas las paellas hirviendo, todos los mariscos en las peceras y congeladores, los cocineros empapados de sudor. Frente a la playa cada establecimiento tenía un sombrajo de cañas y desde allí por encima del espigón aparecían las plumas de las grúas del puerto. Sonaban acordeones. Dentro del clamor de la luz había niñas vestidas de primera comunión y padrinos encorbatados y también novias al pie de enormes tartas de merengue que refulgían junto con el metal de las trompetas de las orquestinas. Invitados de bodas y comuniones en trajes oscuros y cuellos almidonados se mezclaban con la gente desnuda y a todos igualaba la transpiración salada llena de dicha en aquel día de fiesta de junio.

Atravesando el bosquecillo de jacarandas en el balneario de las Arenas Julieta se había metido en los vestuarios y yo estaba ya en lo alto del trampolín de la piscina cuando la vi subir por las escaleras con aquel bikini de flores. Tenía ante mis ojos todo el mar de la Malvarrosa y al lado el Partenón pintado de azul. Desde arriba grité:

—Eh, eh, Marisa. Mira. Mira.

—A ver, a ver qué haces, a ver cómo vuelas —exclamó Julieta abajo sentada en la grada.

Lleno de felicidad me lancé en plancha al espacio y al instante sentí en la piel quemada el abrazo del agua muy fría. Llegaba hasta la piscina de las Arenas la música de los pasodobles que sonaba en los sombrajos de los merenderos, España Cañí, En er mundo, el Gato Montés. Después comimos en La Pepica y allí unos doscientos trabajadores de una fábrica de cartonajes le estaban dando un homenaje a su patrono en el ochenta aniversario y aquel viejecito que se llamaba don Vicente estaba vestido de negro, con la corbatita también negra y una aleta del cuello blanco levantada y lloraba de emoción detrás de un centro de flores en la mesa presidencial. Los del consejo le echaban discursos de loa y después el contable reclamó silencio para decirle al amo que todos los empleados sin faltar uno solo habían contribuido para hacerle un regalo. Julieta dio un grito de pasmo al ver que los doscientos trabajadores le habían comprado una baca para el coche a su patrono y ahora entre varios la desembalaban ante los ojos de todo el mundo y la llevaban en volandas por encima de las cabezas de los comensales hasta la mesa presidencial. En seguida la orquestina comenzó a tocar el pasodoble Valencia y a grito pelado todos la cantaban elevando las botellas de vino y devorando las raciones de tarta de cumpleaños y el oleaje rompía en el espigón.

Por la tarde nos fuimos paseando hasta el final de la playa. Marisa quería pintar una acuarela del natural. Yo me proponía repasar los apuntes de Filosofía del Derecho, mi última asignatura de la carrera. Pasando la línea de los chalets al final de la playa estaba Casa Carmela junto a una villa pompeyana que era, según se decía, del escritor Blasco Ibáñez aunque ahora estaba medio abandonada después de haber sido incautada por la Falange y en ella campaban juntos los últimos Flechas Navales y los primeros gitanos. La puerta estaba abierta y las ventanas tenían los cristales rotos. Bajo el cañizo de Casa Carmela sirviéndose de una silla de enea como caballete Julieta comenzó a pintar unos azules muy suaves que al parecer extraía el fondo de la tarde. A su lado yo estudiaba el pensamiento de Juan Luis Vives y ambos tomábamos caracoles de mar y mejillones. La armonía vital predomina sobre toda clase de aristotelismo, había subrayado yo con lápiz rojo en aquellos apuntes. Julieta ahora mojaba el pincel en el color violeta para pintar la sombra que en la arena proyectaba una barca varada. A la caída del sol nos bañamos otra vez en la playa desierta allí donde la arena comenzaba a ser invadida por los carrizales. De pronto sentí un escalofrío. Marisa me secaba con la toalla y yo la besaba y ella me decía que yo tenía los labios morados.

Fuimos a refugiarnos en la casa de Blasco Ibáñez. Subimos al primer piso donde había una terraza cerrada con unas cariátides en cada ángulo y columnas estriadas. Una gran mesa de mármol sostenida por cuatro leones alados que había allí sirvió para que Julieta se tumbara y entonces comencé a acariciarla. De pronto ella sintió miedo, pero aquella casa estaba deshabitada. Fuimos al tercer piso. Había allí un ping-pong y unos guantes de boxeo y unas colchonetas, unos armarios derribados y restos de comida. En un lado del cielorraso habían hecho un nido las golondrinas que entraban y salían a través de las ventanas rotas. En el primer piso había habitaciones con estanterías metálicas llenas de libros del Movimiento Nacional, periódicos viejos, folletos, la colección de la revista Jerarquía. Contra una de aquellas estanterías Julieta se abandonó al ver que en la casa no había nadie y el sol en ese momento se había ido dejando la tarde llena de fruta.

La casa deshabitada de Blasco Ibáñez estaba llena de la fruta de Julieta. Todas las estancias vacías olían a su sexo. De pie en aquella habitación se dejaba acariciar y encendida por la pasión me decía besándome el cuello mon petit mignon, mon petit mignon y desde allí se oía el oleaje casi al pie de la ventana.

—Arriba hay colchonetas —murmuró Marisa en mi oído.

—Espera.

—¿Qué vas a hacer?

—Te voy a preparar un lecho de rosas —le dije.

Extendí sobre las baldosas toda la colección de la revista Jerarquía y otros periódicos, 7 Fechas, El Español, el Arriba y todos los folletos de Falange hasta formar un petate que en seguida comenzó a crujir bajo el cuerpo desnudo de Julieta que el sol había abrasado. En un momento de amor ella quiso quitarme el bañador y forcejeaba con los ojos cerrados gimiendo y sólo lo consiguió después de desgarrarlo en varios jirones y entonces Julieta gritaba mon chéri, mon chéri y su voz hacía eco en varias estancias de aquella casa deshabitada que había quedado casi a oscuras. Estuvimos un rato abrazados bajo un montón de periódicos de la Falange destrozados al final del combate. Después nos vestimos en silencio. Cogí el bañador de algodón y desde la ventana lo arrojé al jardín. Cayó sobre un arbusto de adelfas. Allí se quedó. Era casi de noche. Bajo el cañizo de Casa Carmela unos pescadores jugaban a las cartas y un grupo de estudiantes cantaba sola se queda Fonseca.

—¿Quién era Blasco Ibáñez? —me preguntó Julieta.

—Un escritor.

—¿Un escritor famoso?

—Sí.

Cogimos el último tranvía de la Malvarrosa que iba a Valencia. En la jardinera volvía la gente llena de sol, muy cansada. Marisa al final del viaje había reclinado la cabeza en mi hombro y se había quedado dormida con la bolsa y el cartapacio de las acuarelas a los pies. Al día siguiente me examiné de Filosofía del Derecho. Me preguntaron algo sobre Luis Vives. Hablé de la armonía vital que yo había subrayado con lapiz rojo. Saqué un notable y con eso me convertí en un licenciado.

Este libro
se terminó de imprimir
en los Talleres Gráficos
de Unigraf, S. A.
Móstoles, Madrid (España)
en el mes de enero de 1997